LA MAISON DU GUET

Mary Higgins Clark est née à New York. Elle habite aujourd'hui à Washington Township, New Jersey. Tous ses livres : La Nuit du Renard *(Grand prix de littérature policière)*, La Clinique du Docteur H., Un cri dans la nuit *et* La Maison du Guet *sont des best-sellers.*

Voulant échapper au terrible secret de son passé, Nancy a changé de nom, d'apparence et de couleur de cheveux, avant de quitter la côte Ouest et de venir s'installer à Cape Cod où elle a épousé Ray Eldredge dans l'espoir de pouvoir enfin revivre normalement.
Sept années de bonheur se sont écoulées dans sa nouvelle maison avec son mari et deux beaux enfants, Michael et Missy.
Puis, un matin, paraît dans le journal régional un article sur un procès pour meurtre qui a fait couler beaucoup d'encre en Californie. L'article est illustré par la photo d'une jeune femme ressemblant étrangement à Nancy. Le jour même, Michael et Missy disparaissent mystérieusement. Le passé et le présent deviennent alors inexorablement liés. Nancy a-t-elle perdu la tête à la lecture de l'article qui la replonge brutalement dans un passé qu'elle a désespérément tenté de fuir ? C'est ce que redoute la police.

D0616620

Paru dans Le Livre de Poche :

LA NUIT DU RENARD.
LA CLINIQUE DU DOCTEUR H.
UN CRI DANS LA NUIT.

MARY HIGGINS CLARK

La Maison du Guet

ROMAN

TRADUIT DE L'AMÉRICAIN
PAR ANNE DAMOUR

ALBIN MICHEL

Édition originale américaine :

WHERE ARE THE CHILDREN

*En souvenir de ma mère, Nora C. Higgins,
avec amour, admiration et gratitude.*

PROLOGUE

L'AIR glacé pénétrait par les fissures de la croisée. Il se leva maladroitement et s'avança d'un pas lourd vers la fenêtre. S'emparant d'une serviette de toilette qu'il gardait toujours à portée de la main, il calfeutra le châssis détérioré.

Le léger sifflement que fit le courant d'air dans le tissu-éponge lui procura une sensation confuse de plaisir. Il contempla le ciel brouillé, l'eau qui moutonnait. De ce côté-ci de la maison, on apercevait souvent Provincetown, sur l'autre rive de Cape Cod.

Il haïssait le Cape. Il haïssait son aspect lugubre par un jour de novembre comme aujourd'hui; la morne grisaille de la baie; les gens qui vous fixaient de leur regard impénétrable, sans dire un mot. Il l'avait détesté dès le premier été, avec ses hordes de touristes se répandant sur les plages, escaladant le remblai jusqu'à la maison, lorgnant par les fenêtres du rez-de-chaussée, les yeux abrités derrière une main pour mieux voir à l'intérieur.

Il détestait le grand panneau A VENDRE que Ray Eldredge avait placardé sur la façade et à l'arrière de la vaste bâtisse, et le fait que Ray et cette femme qui travaillait avec lui aient déjà commencé à faire visiter les lieux. Le mois dernier, ils avaient bien failli entrer pendant son absence; Dieu soit loué, il avait pu parvenir au dernier étage avant eux et camoufler la longue-vue.

Il ne lui restait plus de temps. Quelqu'un allait acheter cette maison et il ne pourrait plus la louer. Voilà pourquoi il avait envoyé l'article au journal. Il ne voulait pas s'en aller avant de la voir démasquée aux yeux de tous... maintenant... alors qu'elle commençait à se sentir en sécurité.

Il avait autre chose à faire aussi, mais l'occasion ne s'était pas encore présentée. Elle veillait de trop près sur ses enfants. Il ne pouvait pourtant plus attendre. Demain...

Il parcourut nerveusement la pièce. La chambre de l'appartement du dernier étage était spacieuse. Comme toute la maison. C'était l'ancienne habitation d'un capitaine au long cours abâtardie au fil des ans. Bâtie au XVIIᵉ siècle sur un promontoire rocheux dominant toute la baie, l'édifice répondait au besoin de l'homme d'être constamment sur le qui-vive.

La vie ressemblait à autre chose. Elle était faite de bric et de broc. Icebergs dont on n'apercevait jamais que la partie émergée. Il ne l'ignorait pas. Il se frotta le visage; il se sentait mal à l'aise; il avait chaud bien que la pièce fût glaciale. Depuis six ans, il louait cette maison durant les derniers jours de l'été et en automne. Elle était restée pratiquement inchangée depuis le jour où il y mit pour la première fois les pieds. Seuls quelques détails étaient nouveaux : la longue-vue devant une fenêtre en façade; les vêtements qu'il gardait pour les occasions particulières; la casquette à visière qui dissimulait si bien son visage.

Sinon, l'appartement était resté le même; le vieux divan d'autrefois; les tables en pin et le tapis au crochet dans la pièce de séjour; la chambre aux meubles en bois d'érable. Cette demeure avait été l'endroit idéal pour réaliser ses desseins jusqu'à cet automne lorsque Ray l'avertit qu'ils cherchaient activement à vendre la propriété pour la transformer en restaurant et que le bail serait renouvelé à la condition expresse que les lieux puissent être visités sur simple appel téléphonique.

Raynor Eldredge. Un sourire apparut sur ses lèvres à la pensée du jeune homme. Quelle serait sa réaction en lisant l'article demain matin? Nancy avait-elle jamais dit à son mari qui elle était? Peut-être pas. Les femmes savent se montrer hypocrites. Ce serait encore mieux s'il ne savait rien. Ah! pouvoir contempler la physionomie de Ray lorsqu'il ouvrirait le journal! La distribution avait lieu vers dix heures du matin. Ray serait à son bureau. Il attendrait peut-être même un moment avant d'y jeter un coup d'œil.

Il se détourna de la fenêtre avec un mouvement d'agacement. Ses grosses jambes informes étaient trop serrées dans son pantalon noir lustré. Il attendait avec impatience le jour où il pourrait perdre du poids. Epreuve épouvantable qui consistait à se faire crever de faim une fois de plus, mais il en était capable. Il l'avait déjà fait auparavant, lorsque cela s'était révélé nécessaire. Il se gratta nerveusement le cuir chevelu. Il lui tardait de pouvoir laisser repousser ses cheveux en leur laissant leur mouvement naturel. Il avait toujours eu les tempes très fournies; elles seraient probablement grisonnantes à présent.

Il passa lentement la main sur la jambe de son pantalon, puis arpenta l'appartement d'un pas fébrile avant de s'arrêter devant la longue-vue dans la pièce de séjour. L'instrument avait un pouvoir amplifiant particulièrement puissant. Le genre d'appareil que l'on ne trouve pas dans le commerce. Bien des commissariats de police n'en possédaient pas encore. Mais il existe toujours un moyen d'obtenir ce que l'on désire. Il se pencha et regarda dans l'oculaire, clignant un œil.

Il faisait tellement sombre dehors que la lumière était allumée dans la cuisine, aussi voyait-on distinctement Nancy. Elle se tenait devant la fenêtre, celle qui se trouvait au-dessus de l'évier. Peut-être préparait-elle un plat à réchauffer pour le dîner. Mais elle était vêtue d'une grosse veste; elle s'apprêtait donc probablement à sortir. Immobile, elle regardait en direction de la baie. A quoi pensait-elle? A qui pensait-elle? Aux enfants – à Peter... à Lisa...? Il aurait aimé le savoir.

Il eut brusquement la bouche sèche et se passa la langue sur les lèvres. Elle semblait très jeune aujourd'hui avec ses cheveux tirés en arrière. Ils étaient teints en brun foncé. On l'aurait sûrement reconnue si elle avait gardé sa couleur naturelle d'un blond vénitien. Elle allait avoir trente-deux ans demain. Elle ne paraissait toujours pas son âge. Elle avait l'air incroyablement jeune, douce et fraîche et soyeuse.

Il avala nerveusement sa salive. Ses lèvres étaient desséchées, fiévreuses, alors qu'il avait les mains et les aisselles moites de sueur. Sa gorge se serra, puis il déglutit à nouveau avec un petit bruit qui se transforma en gloussement. Le corps secoué d'un rire irrépressible, il heurta la longue-vue. L'image de Nancy se brouilla, mais il ne prit pas la peine de refaire la mise au point. Il n'avait plus envie de la regarder aujourd'hui.

Demain! Il imaginait l'expression de son visage demain à cette même heure. Exposée à la vue de tous, paralysée par l'angoisse et la terreur, s'efforçant de répondre à la question... la même question dont l'avait harcelée la police sept années auparavant.

« Allons, Nancy, diraient à nouveau les policiers. Ne jouez pas au plus fin avec nous. Dites la vérité. Vous savez bien que vous ne pouvez pas y échapper. Dites-nous, Nancy, où sont les enfants? »

1

Ray descendit l'escalier tout en nouant sa cravate. Assise à la table, Nancy tenait Missy encore tout endormie sur ses genoux. Michael prenait son petit déjeuner comme d'habitude, de façon posée et réfléchie.

Ray ébouriffa les cheveux du petit garçon et se pencha pour embrasser Missy. Nancy leva la tête vers lui en souriant. Elle était étonnamment jolie. On ne lui aurait jamais donné trente-deux ans en dépit des fines rides autour de ses yeux bleus. A peine plus âgé qu'elle, Ray paraissait beaucoup plus mûr. C'était peut-être parce qu'elle semblait si vulnérable. Il remarqua des traces de roux à la racine de ses cheveux noirs.

Une douzaine de fois durant cette année, il avait failli lui demander de reprendre sa teinte naturelle, mais il n'avait pas osé.

« Bon anniversaire, chérie », dit-il doucement.

Il vit son visage blêmir.

Michael parut surpris. « C'est l'anniversaire de maman? Tu ne me l'avais pas dit. »

Missy se redressa. « L'anniversaire de maman? » Elle semblait ravie.

« Oui », leur dit Ray. Nancy fixait la table. « Nous allons le fêter ce soir. J'apporterai un gros gâteau et un cadeau et nous inviterons tante Dorothy pour le dîner. D'accord, chérie ?

– Ray... non. » La voix de la jeune femme était implorante.

« Si. Souviens-toi, l'année dernière tu as promis que cette année nous pourrions... »

Fêter n'était pas le mot qui convenait. Il fut incapable de le prononcer. Mais il savait depuis longtemps qu'un jour ou l'autre ils seraient obligés de changer le rituel de ses anniversaires. Au début, elle se détournait complètement de lui à cette date, partant se promener dans les alentours ou marchant sur la plage comme un fantôme perdu dans un monde secret.

L'année dernière, pourtant, elle avait commencé à parler d'eux... des deux autres enfants. « Ils seraient grands maintenant... dix et onze ans. J'essaie de me représenter à quoi ils ressembleraient, mais je n'arrive même pas à imaginer... Tout ce qui se rapporte à cette période est si brouillé. Comme un cauchemar, quelque chose que j'aurais seulement rêvé.

– Tu dois le considérer comme ça, avait dit Ray. Oublie le passé, chérie. Ne cherche plus à savoir ce qui s'est passé. »

Ce souvenir renforça sa décision. Il se pencha sur Nancy et lui caressa les cheveux d'un geste tendre et protecteur.

Nancy leva les yeux vers lui. La prière que reflétait son visage se transforma en hésitation. « Je ne crois pas... »

Michael l'interrompit. « Quel âge as-tu, maman ? » interrogea-t-il avec son sens pratique habituel.

Nancy sourit – un vrai sourire qui détendit miraculeusement l'atmosphère. « Ça ne te regarde pas. »

Ray avala une gorgée de café. « Bien répondu, dit-il. Ecoute, Mike. Je viendrai te chercher à la sortie de l'école, cet après-midi et nous irons acheter un cadeau pour maman. Je dois partir à présent. Il y a un type qui vient visiter la propriété de Hunt. Il faut que je rassemble tous les documents.

– N'est-ce pas loué? demanda Nancy.

– Si. Ce dénommé Parrish qui occupe occasionnel-lement l'appartement du dernier étage l'a reloué cette année. Mais il sait que nous avons le droit de le faire visiter à tout moment. C'est un endroit formidable pour un restaurant et il y aurait peu de transforma-tions à faire. Nous toucherons une jolie commission si j'arrive à conclure la vente. »

Nancy posa Missy à terre et accompagna Ray jusqu'à la porte. Il l'embrassa doucement et sentit sa bouche trembler sous la sienne. L'avait-il à ce point bouleversée en faisant allusion à son anniversaire? Une sorte d'instinct faillit le pousser à dire : « N'at-tendons pas ce soir. *Je vais rester avec vous trois et nous irons passer la journée à Boston.* »

Au lieu de quoi, il monta dans sa voiture, fit un signe de la main, recula et s'engagea sur l'allée étroite en terre battue qui serpentait à travers un demi-hectare de bois avant d'atteindre la grande route du Cape menant au centre d'Adams Port et à son agence.

Ray avait raison, songea Nancy en revenant lente-ment jusqu'à la table. Il était temps de rompre avec les rites du passé – temps de mettre fin aux souvenirs, de regarder vers l'avenir. Elle savait qu'une partie d'elle-même était encore figée, que son inconscient avait jeté un rideau protecteur sur les images douloureuses d'autrefois. Mais il y avait davantage.

On aurait dit que toute la période de son existence avec Carl était brouillée... Elle avait du mal à se rappeler leur maison dans le campus universitaire, la voix modulée de Carl... Peter et Lisa. A quoi ressem-blaient-ils? Les cheveux noirs, tous les deux, comme ceux de leur père... et trop calmes... trop sages... marqués par le manque d'assurance de leur mère... et ensuite perdus – tous les deux.

« Maman, pourquoi as-tu l'air si triste? »

Michael fixait sur elle le même regard sans détour que Ray, lui parlait avec la même franchise.

Sept années, songea Nancy. La vie était une succession de cycles de sept ans. Carl aimait à dire que l'organisme tout entier se transforme en ce laps de temps. Chaque cellule se renouvelle. Le moment était venu de regarder devant elle... d'oublier.

Elle parcourut des yeux la cuisine spacieuse et accueillante avec sa vieille cheminée en brique, son sol fait de larges lattes en chêne, les rideaux et les cantonnières rouges qui ne cachaient pas la vue sur le port. Puis son regard s'arrêta sur Michael et Missy.

« Je ne suis pas triste, mon chéri. Pas du tout. »

Elle souleva Missy dans ses bras, savourant la douceur moite du petit corps. « J'étais en train de penser à ton cadeau », dit Missy. Ses longs cheveux d'un blond doré bouclaient autour de ses oreilles et sur son front. Les gens demandaient parfois d'où elle tenait de si beaux cheveux – qui était rouquin dans la famille?

« Très bien, lui dit Nancy. Mais tu vas continuer à y penser dans le jardin. Il vaut mieux que vous alliez tout de suite prendre l'air. On a annoncé de la pluie et du temps très froid pour cet après-midi. »

Une fois les enfants habillés, elle les aida à enfiler leurs anoraks et leurs bonnets. « Voilà mon dollar, déclara Michael avec satisfaction en plongeant la main dans sa poche intérieure. Je savais bien que je l'avais mis là. Maintenant, je peux t'acheter ton cadeau.

– Moi aussi, j'ai de l'argent. » Missy tendit fièrement une pleine poignée de pennies. « Oh! vous ne devriez pas emporter votre argent dehors, leur dit Nancy. Vous pourriez le perdre. Confiez-le-moi. »

Michael secoua la tête. « Si je te le laisse, je risque de l'oublier en partant faire les courses avec papa.

– Je t'y ferai penser, promis.

– Ma poche a une fermeture Eclair. Tu vois? Je vais y mettre mon argent et je garderai aussi celui de Missy.

– Bon... » Nancy haussa les épaules, renonçant à discuter. Elle savait que Michael ne perdrait pas le dollar. Il était comme Ray, extrêmement ordonné. « A présent, Mike, je dois ranger la maison. Promets-moi de rester avec Missy.

– D'accord, déclara Michael avec entrain. Viens, Missy. Je vais d'abord te pousser sur la balançoire. »

Ray avait fabriqué une balançoire pour les enfants. Elle était suspendue à une branche du gros chêne à l'orée du bois derrière la maison.

Nancy enfila ses moufles à Missy. D'un rouge éclatant, elles étaient ornées sur le dessus d'une frimousse souriante brodée en angora duveteux. « Ne les enlève pas, lui recommanda-t-elle, sinon tu auras froid aux mains. Il commence vraiment à faire glacial. Je me demande même si je n'ai pas tort de vous laisser sortir.

– Oh! maman! S'il te plaît! » La bouche de Missy se mit à trembler.

« Bon, bon, n'en parlons plus, fit précipitamment Nancy. Mais pas plus d'une demi-heure. »

Elle les fit sortir par-derrière et frissonna en sentant le vent mordant l'envelopper. Elle referma rapidement la porte, s'apprêta à monter au premier étage. La maison était une authentique habitation du Cape avec un escalier presque vertical. Ray disait que les premiers pionniers devaient avoir du sang de chèvre dans les veines pour construire des escaliers pareils. Mais Nancy aimait jusqu'au moindre recoin de cette maison.

Elle se rappelait encore l'impression de paix et de bien-être qui l'avait envahie la première fois qu'elle l'avait vue, six ans avant. Elle était venue s'installer au Cape après que le jugement eut été cassé. Le procureur n'avait pas insisté pour rouvrir le procès étant donné la disparition de Rob Legler, le seul témoin à charge.

Nancy était venue se réfugier ici, de l'autre côté du continent – aussi loin que possible de la Californie; loin des gens qu'elle avait connus, de la maison où elle avait vécu, du campus et de toute la communauté universitaire. Elle ne voulait plus jamais les revoir, ces amis brusquement devenus des étrangers hostiles, qui parlaient du « pauvre Carl » en la rendant également responsable de son suicide.

Elle avait choisi Cape Cod car les habitants de la Nouvelle-Angleterre, et du Cape en particulier, étaient réputés pour leur réserve et leur discrétion, parce qu'ils n'aimaient pas se mêler aux inconnus. C'était ce qu'il lui fallait. Elle avait besoin d'un endroit où se cacher, où retrouver son identité, mettre de l'ordre dans ses idées, tenter de comprendre ce qui s'était passé, reprendre goût à la vie.

Elle avait coupé et teint en brun foncé ses cheveux. Cela suffisait à lui donner une apparence totalement différente de celle qu'elle avait sur les photos publiées en première page des journaux dans tout le pays durant le procès.

Seul le destin pouvait l'avoir poussée à choisir l'agence immobilière de Ray lorsqu'elle s'était mise à chercher une maison à louer. En fait, elle avait rendez-vous avec un autre agent ce jour-là, mais elle était d'abord entrée voir Ray, sur une impulsion, parce que l'enseigne peinte à la main de l'agence et les jardinières remplies de chrysanthèmes jaunes et rose pâle aux fenêtres lui plaisaient.

Elle avait attendu la fin de son entretien avec un autre client – un homme âgé au visage tanné, à l'épaisse chevelure bouclée –, admirant la manière dont Ray lui conseillait de conserver sa propriété et lui promettait de trouver un locataire pour les pièces habitables de la maison afin de l'aider à supporter les charges.

Après le départ du vieil homme, elle avait dit : « Je tombe peut-être au bon moment. Je désire louer une maison. »

Mais il n'avait même pas voulu lui faire visiter la propriété du vieil Hunt. « La maison du Guet est trop grande, trop isolée et trop exposée aux intempéries pour vous, avait-il dit. Mais j'ai justement une authentique maison du Cape à louer depuis peu. Elle est en parfait état et entièrement meublée. Vous pourriez même l'acheter éventuellement si elle vous plaît. Combien de pièces vous faut-il, madame... mademoiselle...?

– Mlle Kiernan, Nancy Kiernan. » Instinctivement, elle avait donné le nom de jeune fille de sa mère. « J'ai besoin de peu de pièces en réalité. Je vis seule et ne compte pas recevoir de visites. »

Elle avait apprécié sa discrétion, sa façon de ne pas chercher à en savoir davantage. « Le Cape est l'endroit rêvé pour être seul avec soi-même, avait-il dit seulement. La solitude ne vous pèse pas lorsque vous marchez sur la plage, contemplez le soleil couchant ou regardez simplement par la fenêtre le matin. »

Dès que Ray l'avait amenée ici, Nancy avait su qu'elle y resterait. L'ancien cellier, autrefois le cœur de la maison, avait été transformé en salon-salle à manger. Nancy avait aimé le fauteuil à bascule devant la cheminée et la façon dont la table était placée près de la fenêtre afin que l'on pût y prendre ses repas en jouissant de la vue sur le port et sur la baie.

Elle était prête à emménager sur-le-champ, et si Ray s'étonna de voir qu'elle ne possédait rien en dehors des deux valises qu'elle avait descendues de l'autocar, il ne le montra pas. Nancy avait dit qu'après la mort de sa mère elle avait décidé de vendre leur maison dans l'Ohio et de venir s'installer sur la côte Est. Elle avait simplement omis de mentionner les six années qui s'étaient écoulées entre-temps.

Cette nuit-là, pour la première fois depuis des mois, elle ne s'était pas réveillée – dormant d'un sommeil profond, sans entendre Peter et Lisa l'appeler en rêve, sans entendre Carl l'accuser dans la salle du tribunal.

Le premier matin, elle s'était assise près de la fenêtre avec une tasse de café. C'était une journée claire, lumineuse. Le ciel sans nuages, d'un bleu profond, la baie paisible et silencieuse. Seul bougeait un vol de mouettes planant en demi-cercle autour des bateaux de pêche.

Les doigts serrés autour de sa tasse, elle avait dégusté son café et longuement regardé le paysage, sentant la chaleur du breuvage pénétrer son corps, les rayons du soleil réchauffer son visage. La sérénité environnante avait accru la sensation de paix procurée par la longue nuit de sommeil sans rêve.

La paix... donnez-moi la paix. Cela avait été son unique prière pendant le procès; en prison. *Apprenez-moi à accepter.* Sept ans déjà...

Nancy soupira, soudain consciente d'être restée sans bouger sur la première marche de l'escalier. C'était si facile de se perdre dans les souvenirs. Voilà pourquoi elle s'efforçait de vivre au jour le jour... de ne regarder ni en arrière, ni vers l'avenir.

Elle monta lentement à l'étage. Comment pourrait-elle jamais trouver la paix, sachant que si Rob Legler réapparaissait, on la jugerait à nouveau pour meurtre, on l'enlèverait à Ray, à Missy et à Michael. Pendant un instant, elle se cacha la figure entre ses mains. « *N'y pense pas,* se dit-elle. *Cela ne sert à rien.* »

En haut des escaliers, elle secoua la tête avec détermination et entra d'un pas vif dans la chambre principale. Elle ouvrit les fenêtres et frissonna en sentant le vent plaquer les rideaux contre elle. Les nuages commençaient à se former dans le ciel, l'eau se mettait à moutonner dans la baie. La température chutait rapidement. Nancy connaissait suffisamment le Cape pour savoir qu'un vent aussi froid annonçait généralement une tempête.

Il faisait pourtant encore assez beau pour laisser les enfants jouer dehors. Elle souhaitait qu'ils prennent l'air le plus possible au cours de la matinée. Après le déjeuner, Missy faisait la sieste, et Michael allait à l'école maternelle.

Elle commença à retirer les draps du grand lit double et s'arrêta. Missy reniflait depuis hier. Peut-être devrait-elle descendre lui dire de ne pas déboutonner le col de son anorak? C'était l'une des manies de la petite fille. Elle disait toujours que ses vêtements la serraient trop au cou.

Nancy hésita un instant, puis retira complètement les draps du lit. Missy portait un pull-over à col roulé. Même si elle se déboutonnait, elle garderait la gorge couverte. D'ailleurs, changer les draps du lit et les mettre dans la machine à laver ne prendrait pas plus de dix à quinze minutes.

Dix minutes au maximum, se promit Nancy pour apaiser l'inquiétude qui la tenaillait, la pressait d'aller chercher les enfants *tout de suite*.

2

CERTAINS matins, Jonathan Knowles allait à pied acheter son journal au drugstore. Sinon, il s'y rendait à vélo. De toute façon, il passait toujours devant la vieille maison de Nickerson, celle que Ray Eldredge avait achetée après avoir épousé la jolie fille qui la louait.

Du temps du vieux Sam Nickerson, la maison commençait à se délabrer, mais aujourd'hui elle avait l'air douillette et solide. Ray avait fait refaire la toiture et repeindre les encadrements; sa femme avait sans nul doute les doigts verts. Les chrysanthèmes jaunes et orange dans les jardinières offraient une note gaie et chaleureuse même les jours les plus mornes.

Lorsqu'il faisait beau, Nancy Eldredge jardinait souvent le matin de bonne heure. Elle saluait toujours aimablement Jonathan puis retournait à son travail. Il appréciait ce trait de caractère chez une femme. Il avait connu les parents de Ray du temps où ils résidaient l'été dans la région. Bien entendu, les Eldredge avaient beaucoup contribué au développement du Cape. Le père de Ray avait raconté à Jonathan que toute la famille descendait en ligne directe d'un ancêtre qui avait débarqué du *Mayflower*.

Le fait que Ray se fût senti attiré par le Cape au point de décider d'y monter sa propre affaire était exemplaire aux yeux de Jonathan. Le Cape possédait des lacs et des étangs, la baie et l'océan. Il y avait des bois où se promener, des prairies où l'on pouvait s'étendre.

Et c'était l'endroit parfait pour un jeune couple avec de petits enfants. Parfait aussi pour prendre sa retraite et vivre les dernières années de son existence. Jonathan et Emily avaient toujours passé leurs vacances ici, attendant avec impatience de pouvoir s'y installer définitivement. Ils avaient failli y parvenir. Mais Emily ne devait pas en profiter.

Jonathan soupira. C'était un homme grand et fort, avec d'épais cheveux blancs couronnant un visage large aux bajoues naissantes. Avocat à la retraite, l'inactivité lui avait paru pesante. La pêche se pratiquait peu pendant l'hiver. Et fouiner chez les antiquaires ou remettre les meubles en état ne l'amusait guère depuis qu'Emily n'était plus avec lui. Mais dès la seconde année de son installation au Cape, il s'était mis à écrire.

D'abord simple passe-temps, écrire était devenu l'activité de toutes ses journées. Un ami éditeur avait lu quelques chapitres de son livre au cours d'un week-end et lui avait immédiatement envoyé un contrat. Dans son ouvrage, Jonathan étudiait le cas de quelques grandes affaires d'assises. Il y travaillait cinq heures par jour, sept jours par semaine, dès neuf heures et demie du matin.

Il avait le vent contre lui. Il ôta son cache-nez et tourna la tête vers la baie, savourant la caresse du soleil voilé sur son visage. On voyait l'eau à travers les arbustes dégarnis. Seule la vieille maison de Hunt sur la falaise coupait la vue – cette grande baraque que l'on appelait la maison du Guet.

Jonathan contemplait toujours la baie à cet endroit précis de son parcours. Mais ce matin encore, il cligna des yeux en détournant la tête. Agacé, il reporta son regard sur la route, non sans avoir distraitement remarqué les moutons d'écume menaçants sur l'eau. Le type qui louait la maison devait avoir placé quelque chose de métallique devant la fenêtre, pensa-t-il. C'était parfaitement désagréable. Il eut envie d'aller demander à Ray de lui en faire la remarque, mais y renonça. Le locataire pouvait à bon droit suggérer que Jonathan examinât la baie d'un autre endroit.

Il haussa machinalement les épaules. Il se trouvait juste devant la maison des Eldredge. Assise à la table du petit déjeuner près de la fenêtre, Nancy parlait à son fils. La petite fille était sur ses genoux. Jonathan détourna rapidement les yeux, se sentant indiscret et préférant ne pas croiser le regard de la jeune femme. Eh bien, il ne lui restait plus qu'à aller acheter le journal, préparer son repas solitaire et se mettre à sa table de travail. Aujourd'hui, il attaquait l'affaire Harmon – le chapitre le plus intéressant de son ouvrage, à son avis.

3

Ray poussa la porte de l'agence, incapable de chasser le sentiment d'appréhension qui le harcelait sourdement comme un mal de dents non localisé. Qu'y avait-il? Ce n'était pourtant pas le simple fait d'avoir rappelé son anniversaire à Nancy et risqué de raviver le passé. A vrai dire, elle était restée plutôt calme. Il la connaissait assez pour percevoir les moments où la tension montait en elle au souvenir de son autre vie.

La vue d'un petit garçon et d'une petite fille aux cheveux bruns de l'âge de ses autres enfants, une discussion sur le meurtre de cette petite fille retrouvée morte à Cohasset l'an dernier, voilà qui pouvait déclencher une réaction chez la jeune femme. Mais Nancy allait bien ce matin. C'était autre chose – un mauvais pressentiment.

« Allons bon! Que se passe-t-il? »

Ray leva les yeux, interdit. Dorothy était assise à sa place habituelle. Ses cheveux poivre et sel encadraient naturellement son long visage avenant. Son chandail confortable beige et sa jupe en tweed brun avaient un manque de chic presque étudié, révélant l'indifférence à la toilette de la personne qui les portait.

Dorothy avait été la première cliente de Ray à l'ouverture de son agence. La secrétaire qu'il avait engagée ne s'étant pas manifestée, Dorothy lui avait proposé son aide pendant quelques jours. Elle était restée avec lui depuis lors.

« Figurez-vous que vous secouez la tête d'un air sinistre », lui dit-elle.

Ray eut un sourire penaud. « Les angoisses du matin, je suppose. Comment ça va? »

Dorothy prit immédiatement un ton professionnel. « Bien. J'ai rassemblé tous les papiers sur la maison du Guet. A quelle heure attendez-vous ce type qui désire la visiter?

– Vers deux heures de l'après-midi. » Ray se pencha vers elle. « Où avez-vous déniché ces plans?

– A la bibliothèque municipale. N'oubliez pas que cette maison date de 1690. En y mettant de l'argent, on pourrait en faire un restaurant sensationnel. Un modèle du genre. Et la situation sur la baie est incomparable.

– Je crois savoir que M. Kragopoulos et sa femme ont ouvert et revendu plusieurs restaurants et qu'ils n'hésitent pas à mettre le prix pour bien faire les choses.

– Je n'ai encore jamais rencontré de Grec qui n'ait pas réussi dans la restauration, fit remarquer Dorothy en refermant le dossier.

– Et tous les Anglais sont homosexuels, et les Allemands n'ont aucun sens de l'humour, et la plupart des Portoricains ne sont que des assistés... Bon Dieu, j'ai horreur des étiquettes! » Ray prit sa pipe dans sa poche de poitrine et la fourra brusquement dans sa bouche.

« Comment? » Dorothy le regarda d'un air stupéfait. « Je n'attribuais pas d'étiquette – ou si je le faisais, ce n'était pas dans le sens où vous l'avez pris. » Elle lui tourna le dos et rangea le dossier. Ray entra d'un air digne dans son bureau et ferma la porte.

Il lui avait fait de la peine. Stupidement. Sans raison. Qu'est-ce qui lui prenait, bon sang? Dorothy était la personne la plus gentille, la plus équitable, la plus dépourvue de préjugés qu'il connût. C'était moche de lui avoir parlé ainsi. Avec un soupir il prit l'humidificateur sur son bureau et bourra sa pipe. Il fuma pensivement pendant une quinzaine de minutes avant d'appeler Dorothy sur l'interphone.

« Oui? » Elle avait une voix contrainte en décrochant l'appareil.

« Les filles sont-elles arrivées?

– Oui.

– Y a-t-il du café?

– Oui. » Dorothy ne lui en proposa pas.

« Voulez-vous en apporter une tasse pour vous et une pour moi dans mon bureau? Et demandez aux filles de prendre les appels téléphoniques pendant un quart d'heure.

– Très bien. » Dorothy raccrocha.

Ray se leva pour aller lui ouvrir la porte et la referma doucement sur son passage.

« Faisons la paix, dit-il d'un air contrit. Je suis vraiment confus.

– Je n'en doute pas, fit Dorothy. N'en parlons plus, mais que vous arrive-t-il?

– Asseyez-vous, je vous prie. » Ray lui indiqua le fauteuil en cuir roux près de son bureau. Sa tasse de café à la main, il se dirigea vers la fenêtre et regarda le paysage gris d'un air maussade.

« Aimeriez-vous venir dîner ce soir à la maison? demanda-t-il. Nous fêtons l'anniversaire de Nancy. »

Il l'entendit sursauter et se retourna. « Pensez-vous que ce soit une erreur? »

Dorothy était la seule personne au Cape qui fût au courant du passé de Nancy. La jeune femme lui en avait parlé elle-même en lui demandant conseil avant d'accepter d'épouser Ray.

La voix et le regard songeurs, Dorothy répondit : « Je ne sais pas, Ray. Que cache cette petite cérémonie?

– Que l'on ne peut plus continuer à prétendre que Nancy n'a pas d'anniversaire! Bien sûr, c'est bien plus que cela. Nancy doit rompre avec le passé, cesser de se cacher.

– *Peut*-elle rompre avec le passé? *Peut*-elle cesser de

25

se cacher avec la menace d'un autre procès suspendue au-dessus de sa tête?

– Mais c'est justement ça! La *menace*. Dorothy, vous rendez-vous compte que le garçon qui a témoigné contre elle n'a jamais réapparu en six ans! Dieu sait où il se trouve à présent, s'il est même encore en vie! Il y a toutes les chances pour qu'il soit revenu en douce aux Etats-Unis sous un faux nom et qu'il désire au moins autant que Nancy ne pas remuer cette affaire. Ne l'oubliez pas, officiellement c'est un déserteur. Si on l'arrête, une condamnation plutôt sévère l'attend.

– C'est sans doute vrai, admit Dorothy.

– *C'est* vrai. Et allons plus loin. Soyez franche avec moi. Que pensent les gens d'ici au sujet de Nancy – y compris les filles de l'agence? »

Dorothy hésita. « Tout le monde la trouve très jolie... très aimable... on admire la manière dont elle s'habille... mais on la juge un peu trop réservée.

– C'est une façon gentille de dire les choses. J'ai entendu des vacheries sur ma femme, certaines personnes insinuer qu'elle se trouvait trop bien pour les gens d'ici. Au club, on ne cesse de me mettre en boîte en me demandant pourquoi je n'ai pris qu'une seule inscription et pourquoi je n'amène jamais ma ravissante épouse avec moi. La semaine dernière, la directrice de l'école de Michael a téléphoné pour prier Nancy de faire partie d'un comité. Inutile de vous dire qu'elle a refusé. Le mois dernier, j'ai réussi à la décider à m'accompagner au dîner des agents immobiliers de la région; lorsque l'on a pris la traditionnelle photo de groupe, Nancy avait filé dans les toilettes.

– Elle a peur d'être reconnue.

– Je le comprends. Mais ne voyez-vous pas que cette éventualité devient de moins en moins probable avec le temps? Et même si quelqu'un lui disait : Vous êtes le sosie de cette femme de Californie qui a été accusée..., enfin, vous voyez sûrement ce que je veux dire, Dorothy. Pour la plupart des gens, cela n'irait pas plus loin. Une ressemblance. Un point c'est tout. Bon

Dieu, vous rappelez-vous ce type qui posait pour toutes les annonces publicitaires de whisky et de banque, le sosie de Lyndon Johnson? J'étais dans l'armée avec son neveu. Les gens adorent ressembler aux autres. C'est aussi simple que ça. Et s'il y avait un jour un autre procès, je veux que Nancy se sente en sécurité parmi les gens d'ici. Je veux qu'ils la considèrent comme une des leurs et qu'ils la soutiennent. Car après l'acquittement, elle devra revenir vivre normalement parmi eux. Nous le désirons tous.

– Et s'il y a un procès et qu'elle ne soit pas acquittée?

– Je refuse d'envisager cette éventualité, dit catégoriquement Ray. Alors? Viendrez-vous dîner ce soir?

– Je viendrai avec joie, dit Dorothy. Et j'approuve presque tout ce que vous avez dit.

– Presque?

– Oui. » Elle le regarda franchement. « Il me semble que vous devriez vous demander si ce soudain désir d'opter pour une vie plus normale concerne uniquement Nancy ou s'il existe d'autres motivations?

– Que voulez-vous dire?

– Ray, j'étais présente lorsque le secrétaire d'Etat du Massachusetts vous a instamment prié de vous lancer dans la politique parce que le Cape a besoin d'hommes jeunes de votre calibre pour le représenter. Je l'ai entendu dire qu'il vous apporterait son aide et tout le soutien possible. C'est très dur de ne pouvoir le prendre au mot. Mais dans l'état actuel des choses, vous ne le pouvez pas. Et vous le savez. »

Dorothy quitta la pièce sans lui laisser le temps de répondre. Ray finit son café et s'assit à son bureau. Sa colère, son irritation et sa tension disparurent et il eut honte de lui-même. Dorothy avait raison, bien sûr. Il s'efforçait de prétendre qu'aucune menace ne les guettait, que tout allait à merveille. Et il avait une peur épouvantable, lui aussi. Il savait pourtant à quoi s'attendre lorsqu'il avait épousé Nancy.

Ray fixa sans le voir le courrier sur son bureau, se

rappelant les occasions au cours de ces derniers mois où il s'était emporté sans raison contre Nancy, exactement comme il venait de le faire avec Dorothy. Comme le jour où elle lui avait montré cette aquarelle de la maison qu'elle venait de peindre. Nancy aurait dû étudier la peinture. Même à l'heure actuelle, elle était assez douée pour exposer dans une galerie locale. « C'est excellent, lui avait-il dit. Et dans quel placard comptes-tu cacher ton œuvre maintenant ? »

Nancy avait paru affreusement peinée, désarmée. Que ne s'était-il mordu la langue avant de parler ! « Chérie, je suis désolé, s'était-il excusé. C'est uniquement parce que je suis fier de toi. Je voudrais que tout le monde puisse admirer ce que tu fais. »

Combien de ces accès d'irritation étaient-ils dus à la lassitude de devoir constamment réduire leurs activités ?

Il soupira et se mit à dépouiller son courrier.

A dix heures un quart, Dorothy poussa brutalement la porte du bureau de Ray. Son teint habituellement éclatant de santé était d'une pâleur livide. Il se leva précipitamment pour aller au-devant d'elle. Mais elle referma la porte derrière elle en secouant la tête et lui tendit le journal qu'elle dissimulait sous son bras.

C'était l'hebdomadaire *Cape Cod Community News*. Dorothy l'avait ouvert à la rubrique des faits divers. Elle le laissa tomber sur son bureau.

Ils contemplèrent ensemble la photo en grand format sur laquelle personne ne pouvait manquer de reconnaître Nancy. Ray n'avait jamais vu cette photo de sa femme, dans son tailleur en tweed, avec ses cheveux tirés en arrière et déjà teints en noir. La légende indiquait : PEUT-IL Y AVOIR UN JOYEUX ANNIVERSAIRE POUR NANCY HARMON ? Une autre photo montrait Nancy en train de quitter la salle du tribunal pendant le procès, le visage figé et sans expression, les cheveux ruisselant sur ses épaules. Une troisième reproduisait un instantané sur lequel Nancy entourait deux jeunes enfants de ses bras.

L'article commençait par ces lignes : « Quelque part, Nancy Harmon fête aujourd'hui son trente-deuxième anniversaire et le septième anniversaire de la mort de ses enfants qu'elle a été accusée d'avoir assassinés. »

4

C'ÉTAIT une question de minutage. Tout l'univers tournait à la seconde près. Et il saurait maîtriser chaque seconde. Rapidement, il sortit en marche arrière le break du garage. Le temps était tellement couvert qu'il n'avait pas pu voir grand-chose à travers la longue-vue, mais il savait que Nancy était en train d'enfiler leurs manteaux aux enfants.

Il tâta sa poche; les seringues étaient bien là, remplies, prêtes à l'emploi, prêtes à provoquer une anesthésie instantanée, un sommeil profond et sans rêve.

La transpiration lui mouillait le creux des aisselles, le pli de l'aine; il sentit des gouttes de sueur perler à son front, couler le long de ses joues. C'était fâcheux. Il faisait froid. Il ne fallait pas qu'il eût l'air énervé ou agité.

Il prit juste quelques secondes pour tamponner son visage avec la vieille serviette de toilette qu'il laissait toujours sur le siège avant et jeta un coup d'œil par-dessus son épaule. L'imperméable en grosse toile ressemblait à ceux que beaucoup d'hommes du Cape gardaient en permanence dans leurs voitures, spécialement à la saison de la pêche; tout comme les cannes placées en évidence contre la vitre arrière. Mais ce ciré-là était suffisamment grand pour recouvrir deux petits enfants. Il eut un petit rire nerveux et prit la route en direction de la nationale 6 A.

Le supermarché Wiggins était situé au croisement de

la nationale 6 A. Il y faisait toujours ses achats lors de ses séjours au Cape. Bien sûr, il emportait avec lui un stock de provisions en arrivant. Se montrer trop souvent dehors était hasardeux. Il risquait de tomber sur Nancy et qu'elle le reconnût malgré son changement d'apparence. Cela avait failli se produire il y a quatre ans. Il avait entendu sa voix derrière lui dans un supermarché à Hyannis Port. Il était en train de prendre un pot de café sur un rayon et Nancy avait posé sa main tout près de la sienne. Elle disait : « Attends une minute, Mike, j'ai besoin de quelque chose ici », et elle l'avait frôlé en murmurant : « Oh! pardon », tandis qu'il restait là, figé.

Il n'avait pas osé répondre. Cloué sur place. Et elle était partie. Il était certain qu'elle ne l'avait même pas regardé. Mais il n'avait plus jamais pris le risque d'une telle rencontre par la suite. Il lui fallait néanmoins se faire remarquer régulièrement dans Adams Port, car un jour il importerait peut-être que les gens ne prêtent plus attention à ses allées et venues. Voilà pourquoi il achetait toujours son lait, sa viande et son pain au supermarché Wiggins vers dix heures du matin. Nancy ne sortait jamais de chez elle avant onze heures et, de toute façon, elle se rendait au supermarché Lowery, huit cents mètres plus loin. Les Wiggins l'accueillaient à présent comme s'il était un habitué de longue date. Eh bien, il s'y trouverait dans quelques minutes, à l'heure pile.

Il n'y avait pas un chat dehors. Le vent âpre ôtait probablement à quiconque l'envie de sortir. Il arriva à la hauteur de la nationale et ralentit à un stop.

La chance lui souriait. Pas une voiture, ni à droite ni à gauche. Il accéléra rapidement et le break franchit la chaussée et s'engagea sur la route qui bordait l'arrière de la propriété des Eldredge. De l'audace. Il ne fallait rien de plus. N'importe quel imbécile pouvait monter un coup infaillible – mais combiner un plan d'une simplicité telle qu'il méritait à peine le nom de plan – un horaire réglé à la seconde – voilà qui était génial.

S'exposer soi-même à l'échec – exécuter un numéro d'équilibriste si bien qu'une fois l'acte accompli, plus personne ne regarde dans votre direction – voilà ce qu'il fallait faire.

Dix heures moins dix. Les enfants étaient sans doute dehors depuis une minute. Oh! il avait envisagé toutes les possibilités. L'un d'eux pouvait rentrer dans la maison pour aller faire pipi ou boire un verre d'eau, mais c'était peu vraisemblable, vraiment peu vraisemblable. Il les avait observés tous les jours depuis un mois. Sauf par temps de pluie, ils sortaient toujours jouer dans le jardin. Elle ne venait jamais les surveiller avant dix à quinze minutes. Ils ne rentraient jamais à la maison pendant ces mêmes dix minutes.

Dix heures moins neuf. Il engagea la voiture dans l'allée en terre battue de la propriété. Le journal du Cape serait distribué dans quelques instants. L'article devait sortir aujourd'hui. Le détonateur qui allait entraîner Nancy dans la violence... démasquer son jeu... faire jaser les gens dans toute la ville... tous ces gens qui viendraient rôder près de la maison, fouiller du regard...

Il coupa le moteur à mi-chemin dans les bois. Le break était invisible de la route. Nancy ne pouvait pas le voir de la maison. Il sortit rapidement de la voiture et se dirigea d'un pas pressé vers l'endroit où jouaient les enfants, tout en restant à l'abri des arbres. Les feuilles étaient presque toutes tombées, mais il y avait assez de conifères et d'espèces à feuilles persistantes pour le dissimuler.

Il entendit la voix des enfants avant de les apercevoir. Le petit garçon un peu essoufflé – il devait pousser la petite fille sur la balançoire... « On demandera à papa ce qu'il faut acheter pour maman. Je prendrai notre argent à tous les deux. »

La petite fille rit : « Encore, Mike. Encore. Plus haut, Mike. Pousse-moi plus haut, s'il te plaît. »

Il s'approcha furtivement derrière le garçon qui l'entendit à la dernière seconde. Il aperçut vaguement deux yeux bleus stupéfaits et une bouche qui s'arrondissait de terreur avant de les recouvrir d'une main et d'enfoncer l'aiguille dans la moufle en laine. L'enfant tenta de s'écarter, se raidit, puis tomba mollement sur le sol.

La balançoire revenait. La petite fille criait : « Pousse-moi, Mike, n'arrête pas de pousser. » Il saisit la balançoire par la corde du côté droit, l'arrêta et enlaça la petite forme qui se tortilla sans comprendre. Prenant soin d'étouffer le faible cri, il plongea l'autre seringue dans la moufle rouge ornée d'une petite tête de chat souriante brodée sur le dessus. Une seconde plus tard, la fillette soupira en s'affaissant contre lui.

Il ne remarqua pas qu'une moufle était restée accrochée à la balançoire lorsqu'il souleva sans peine les deux enfants dans ses bras et courut vers la voiture.

A dix heures moins cinq, ils étaient tassés sous l'imperméable. Il recula dans le chemin jusqu'à la route pavée derrière la propriété de Nancy. Il jura à la vue d'une petite berline Dodge qui se dirigeait vers lui. Elle ralentit légèrement pour le laisser passer sur la file de droite et il détourna la tête.

Foutue malchance ! En le croisant, il lança promptement un regard en biais vers le conducteur de la voiture, entr'aperçut un nez pointu et un menton maigre sous un chapeau informe. L'autre homme ne tourna même pas la tête.

Il eut une impression fugitive de déjà vu ; sans doute quelqu'un du Cape... mais qui ne s'était probablement pas aperçu que le break à cause duquel il avait ralenti débouchait de la propriété des Eldredge. Les gens ne sont pas observateurs, en général. Dans quelques minutes, cet homme ne se souviendrait sûrement même pas d'avoir freiné pour laisser une voiture prendre son virage.

Il regarda la Dodge dans son rétroviseur jusqu'à ce qu'elle eût disparu. Avec un grognement de contentement, il régla ensuite le miroir afin de voir l'imperméable sur le siège arrière. Le vêtement semblait négligemment jeté sur du matériel de pêche. Satisfait, il remit le rétroviseur en place sans plus y regarder. S'il l'avait fait, il aurait vu la voiture qu'il venait de croiser ralentir, reculer.

A dix heures quatre minutes, il entra dans le super-marché Wiggins et grommela un bonjour en allant prendre un quart de lait dans la vitrine réfrigérée.

5

NANCY descendit l'escalier en tenant en équilibre instable dans ses bras une pile de serviettes de toilette, de draps, de pyjamas et de sous-vêtements. Elle avait subitement décidé de faire une lessive pour pouvoir l'étendre dehors avant que le temps ne se gâte. L'hiver s'installait. Il était là, derrière la maison, détachant les dernières feuilles mortes des arbres. Il se coulait dans le chemin en terre battue qui devenait dur comme du ciment. Il changeait les couleurs de la baie en un gris-bleu fumée.

Dehors, la tempête se préparait, mais pour l'instant Nancy voulait profiter des derniers faibles rayons du soleil. Elle aimait l'odeur fraîche des draps séchés à l'air; elle aimait les sentir contre sa joue en s'endormant lorsqu'ils avaient pris ce parfum d'airelles et de pin mêlé à l'odeur salée de la mer – si différent de l'odeur âcre et humide des draps de la prison. Elle chassa le souvenir.

Au pied de l'escalier, elle s'apprêta à se diriger vers la porte de derrière, puis s'arrêta. Voyons, c'était stupide. Les enfants allaient bien. Ils étaient sortis depuis à peine un quart d'heure et elle devait surmonter cette angoisse incontrôlée qui pesait constamment sur elle. Même maintenant, elle constatait que Missy y était sensible et commençait à réagir à cet excès de protection. Elle ferait rentrer les enfants une fois la machine à laver mise en route. Pendant qu'ils regarderaient leur émission de dix heures trente à la télévision, elle prendrait une seconde tasse de café en parcourant le *Cape Cod Community News*. Hors saison, on y trouvait parfois des occasions intéressantes de meubles anciens à des prix raisonnables. Elle cherchait une banquette pour le salon – le genre de banc à haut dossier très répandu au XVIIe siècle.

Elle tria le linge dans la lingerie attenante à la cuisine, fourra les draps et les serviettes dans la machine à laver, ajouta le détergent et l'eau de Javel et mit le cycle en route.

A présent, il était sûrement temps d'appeler les enfants. Mais au moment d'ouvrir la porte d'entrée, elle se détourna. Le journal venait d'être distribué. Le livreur disparaissait au bout de l'allée. Elle ramassa le magazine, frissonnant sous une rafale de vent, et rentra hâtivement dans la cuisine. Elle alluma le brûleur sous la cafetière encore chaude. Puis, impatiente de jeter un coup d'œil sur la page des petites annonces, elle feuilleta rapidement le journal jusqu'à la seconde partie.

Ses yeux se fixèrent sur le titre à sensation et sur les photos – toutes les photos; elle, avec Carl et Rob Legler; elle avec Peter et Lisa... cette façon si confiante qu'ils avaient toujours de se serrer contre elle. La tête prête à éclater, Nancy se rappela précisément le jour où ils avaient posé pour cette photo. C'était Carl qui l'avait prise.

« Ne vous occupez pas de moi, avait-il dit. Faites comme si je n'étais pas là. » Mais ils savaient qu'il était là et s'étaient recroquevillés contre elle. Elle les avait regardés pendant qu'il prenait la photo... caressant leurs têtes brunes et soyeuses.

« Non... non... non... non...! » Elle se raidit sous l'effet de la douleur. Chancelante, elle fit un geste en avant, heurta la cafetière qui se renversa. Elle retira sa main, à peine consciente du liquide brûlant qui lui éclaboussait les doigts.

Il fallait brûler le journal. Michael et Missy ne

devaient pas le voir. C'est ça. Elle allait brûler le journal afin que personne ne pût le voir. Elle courut vers la cheminée de la salle à manger.

La cheminée... ce n'était plus le coin gai, chaleureux, où l'on se sentait en sûreté. Car il n'y avait pas de refuge... il ne pourrait plus jamais y avoir de refuge pour Nancy... Elle froissa les pages du journal et saisit maladroitement la boîte d'allumettes sur le dessus de la cheminée. Une volute de fumée, une flamme, et le journal se mit à flamber entre les bûches.

Tout le monde au Cape lisait ce journal. Ils sauraient... ils sauraient tous. Il y avait une photo qu'ils reconnaîtraient... Elle ne se souvenait pas qu'on l'ait vue le jour où elle s'était fait couper et teindre les cheveux. Le journal flambait à présent. Elle regarda la photo de Peter et de Lisa se consumer, s'enrouler, carbonisée. Morts, tous les deux. Que n'avait-elle disparu avec eux! Il n'existait aucun endroit où elle pût se cacher... oublier. Ray prendrait soin de Michael et de Missy. Demain, à l'école, les enfants regarderaient Michael en chuchotant, en le montrant du doigt.

Les enfants. Elle devait épargner les enfants. Non, *faire rentrer* les enfants. C'était le plus important. Ils allaient attraper froid sinon.

Elle s'avança en vacillant vers la porte de derrière et l'ouvrit. « Peter... Lisa... » appela-t-elle. Non! non! Michael et Missy! C'étaient *eux* ses enfants.

« Michael, Missy. Venez. Rentrez immédiatement! » Sa voix plaintive prit un ton suraigu. Où étaient-ils? Elle se précipita dehors, insensible au froid mordant qui transperçait son chandail mince.

La balançoire. Ils avaient dû s'éloigner de la balançoire. Ils étaient sans doute dans les bois. « Michael, Missy. Michael, Missy! Ne vous cachez pas! Revenez tout de suite! »

La balançoire bougeait encore. Le vent la faisait osciller doucement. Nancy vit alors la moufle. La moufle de Missy, prise dans la boucle en métal de la planchette.

Elle entendit un bruit dans le lointain. Quel bruit? Les enfants.

Le lac! Ils devaient être du côté du lac. Ils n'avaient pas la permission d'y aller, mais peut-être s'y étaient-ils rendus quand même. On les retrouverait. Comme les autres. Dans l'eau. Le visage mouillé, gonflé, sans vie.

Elle s'empara de la moufle de Missy, la moufle avec la petite frimousse souriante brodée sur le dessus, et se dirigea en titubant vers le lac. Elle cria leur nom, cria encore, encore. Elle se fraya un chemin à travers les bois et déboucha sur la plage de sable.

Non loin du bord quelque chose brillait sous l'eau. Quelque chose de rouge... une autre moufle... la main de Missy? Nancy s'enfonça dans l'eau glacée jusqu'aux épaules et se pencha. Mais il n'y avait rien. Fébrilement, elle fit couler l'eau entre ses doigts serrés comme à travers un tamis. Il n'y avait rien – rien que le froid engourdissant de l'eau. Elle fixa la surface du lac, s'efforçant de voir jusqu'au fond, se pencha plus bas et tomba. L'eau lui entra dans les narines et la bouche, lui brûla le visage et le cou.

Elle se releva tant bien que mal et regagna le bord avant que ses vêtements trempés ne la fissent à nouveau trébucher. Elle tomba sur le sable durci par le gel. Les oreilles bourdonnantes, un brouillard devant les yeux, elle regarda en direction des bois et le vit... son visage... le visage de *qui*?

Le brouillard se referma complètement sur elle. Les bruits moururent au loin : le cri lugubre de la mouette... le clapotis de l'eau... le silence.

C'est là que la découvrirent Ray et Dorothy. Agitée de tremblements convulsifs, étendue sur le sable, les cheveux plaqués et les vêtements collés sur le corps, les yeux vides et sans expression, de vilaines cloques sur la main qui serrait une petite moufle rouge contre sa joue.

6

JONATHAN lava et rinça soigneusement la vaisselle du petit déjeuner, nettoya la poêle de l'omelette et balaya la cuisine. Emily avait toujours été naturellement ordonnée et des années de vie commune avec elle lui avaient appris à apprécier l'agrément d'une maison bien tenue. Il suspendait chaque jour ses vêtements dans la penderie, mettait le linge sale dans le panier de la salle de bain et débarrassait la table après ses repas solitaires. Il notait même les détails négligés par la femme de ménage et le vendredi soir après son départ, il s'attelait à des petites tâches, nettoyant boîtes, bocaux et bibelots, astiquant les meubles qu'elle laissait généralement pleins d'encaustique.

Lorsqu'ils vivaient à New York, Emily et lui habitaient à Sutton Place, au coin de la 55e Rue. Leur immeuble enjambait le F.D.R. Drive jusqu'au bord de l'East River. Parfois, ils s'installaient sur leur balcon du dix-septième étage et contemplaient les lumières des ponts sur le fleuve, parlant de leur future retraite au Cape, de la vue qu'ils auraient sur le lac Maushop.

« Tu n'auras plus Bertha tous les jours pour tenir la maison, l'avait-il taquinée.

— Bertha sera pratiquement à la retraite lorsque nous partirons, avait-elle répliqué, et je te mettrai à contribution. En réalité, il nous faudra juste une femme de ménage une fois par semaine. Mais parlons un peu de toi. Ne regretteras-tu pas de ne plus avoir une voiture avec chauffeur à ta disposition? »

Jonathan avait dit qu'il achèterait une bicyclette, ajoutant : « Je le ferais bien dès maintenant, mais je crains la réaction de certains de nos clients en apprenant que je me rends à mon cabinet sur un vélo à dix vitesses.

— Et tu pourras te mettre à écrire, l'avait encouragé Emily. Je regrette parfois que tu ne l'aies pas entrepris il y a des années.

— Avec toi pour femme, c'était au-dessus de mes moyens. Tu es l'image même de la lutte contre la récession. Toute la 5e Avenue voit grimper son chiffre d'affaires lorsque Mme Knowles fait ses emplettes.

— C'est de ta faute. Tu me pousses constamment à dépenser ton argent.

— J'aime le dépenser pour toi. Et je ne me plains pas. J'ai eu beaucoup de chance. »

Si seulement ils avaient pu passer ensemble quelques années dans cette maison... Jonathan soupira et raccrocha le torchon à vaisselle. Voir Nancy Eldredge et ses enfants par la fenêtre ce matin lui avait donné le cafard. C'était peut-être le mauvais temps ou les premières annonces d'un long hiver, mais il se sentait nerveux, inquiet. Quelque chose le tracassait. C'était le genre d'agacement qu'il éprouvait parfois en étudiant un dossier dans lequel certains faits ne collaient pas entre eux.

Eh bien, il allait se mettre au travail. Il était impatient de commencer son chapitre sur l'affaire Harmon.

Il aurait pu prendre une retraite anticipée, songeait-il tout en se dirigeant lentement vers son bureau. En l'occurrence, c'était ce qu'il avait fini par faire. Dès la mort d'Emily, il avait vendu l'appartement de New York, donné sa démission, versé une pension à Bertha et, comme un chien blessé léchant ses plaies, il était venu se réfugier dans cette maison qu'ils avaient choisie ensemble. Une fois dissipé l'accablement du désespoir, il y avait trouvé un certain apaisement.

A présent, écrire ce livre était devenu pour lui une expérience aussi passionnante qu'absorbante. Dès que l'idée s'était formée dans son esprit, il avait invité son vieil ami Kevin Parks, l'un des enquêteurs indépendants les plus méticuleux, à passer un week-end au Cape afin de lui exposer son projet. Jonathan avait choisi dix procès criminels susceptibles de soulever une controverse. Il avait chargé Kev de rassembler tous les documents disponibles concernant ces affaires : procès-verbaux, dépositions, articles de presse, photos, ragots, tout ce qu'il pourrait trouver. Jonathan s'était proposé d'étudier attentivement chaque dossier avant de déterminer la manière de traiter le chapitre correspondant – soit en approuvant le verdict, soit en le désapprouvant, et en donnant ses raisons. L'ouvrage avait pour titre *Sentence et controverse*.

Il avait déjà terminé trois chapitres. Le premier s'intitulait « Le Procès de Sam Sheppard ». Son point de vue : non coupable. Trop de lacunes. Trop de preuves manquantes. Jonathan partageait l'avis de Dorothy Kilgallen : le jury avait déclaré Sam Sheppard coupable d'adultère et non de meurtre.

Le second chapitre était « Le Procès Cappolino ». D'après Jonathan, Marge Farger méritait la prison au même titre que son amant.

Le chapitre qu'il venait d'achever traitait du « Procès d'Edgar Smith ». A ses yeux, Edgar Smith était coupable mais il méritait d'être remis en liberté. Quatorze années d'emprisonnement constituent une peine à perpétuité de nos jours, et l'homme s'était réhabilité et instruit dans une prison effroyable à Death Row.

Il s'installa devant son grand bureau à l'aspect massif et prit dans le classeur le gros dossier cartonné qui lui était parvenu la veille. Il était étiqueté : L'AFFAIRE HARMON.

Kevin avait agrafé un billet sur la première chemise :

« Jon, j'ai l'impression que tu vas t'acharner avec délectation sur celui-là. L'inculpée s'est montrée une cible de premier choix pour l'accusation; même son mari a craqué à la barre des témoins et l'a pratiquement accusée devant les jurés. Si jamais ils retrouvent le témoin à charge qui a disparu et qu'ils rouvrent le procès, elle ferait mieux d'avoir des arguments plus solides que la première fois. Au cabinet du procureur, ils savent où elle se trouve, mais il m'a été impossible de le leur faire dire; quelque part dans l'Est... c'est tout ce que j'ai pu savoir. »

Jonathan ouvrit le dossier avec le frémissement secret qu'il ressentait toujours au début d'une nouvelle affaire judiciaire. Il ne se permettait jamais d'énoncer plus que des suppositions avant d'avoir rassemblé toutes les informations, mais son propre souvenir de cette affaire à l'époque où elle était passée en jugement, six ou sept ans auparavant, éveillait sa curiosité. Il se souvint de s'être posé bien des questions alors à la seule lecture des dépositions... questions sur lesquelles il désirait à présent se pencher. Il se rappela avoir eu l'impression que Nancy Harmon n'avait jamais dit tout ce qu'elle savait sur la disparition de ses enfants.

Il prit les différentes pièces du dossier et les étala soigneusement sur son bureau. Il y avait des photos de Nancy Harmon pendant le procès. Elle était bien mignonne avec ses cheveux qui lui tombaient jusqu'à la taille. D'après les documents, elle avait vingt-cinq ans à l'époque où le meurtre avait été commis. Elle en paraissait beaucoup moins – elle semblait à peine plus âgée qu'une adolescente. Les vêtements qu'elle portait lui donnaient l'air presque enfantin. Ils renforçaient l'impression d'ensemble qu'elle produisait. Son avocat avait dû lui conseiller de se donner l'apparence la plus jeune possible.

C'était étrange, mais depuis qu'il avait décidé d'écrire ce livre, Jonathan avait le sentiment que cette femme ne lui était pas inconnue. Il examina les photos étalées devant lui. Bien sûr. Elle ressemblait en plus jeune à l'épouse de Ray Eldredge! Voilà qui expliquait l'agaçante sensation de déjà vu. La physionomie des deux femmes était totalement différente, mais le monde serait-il si petit qu'il pût exister un lien de parenté entre elles?

Son regard s'arrêta sur la première page dactylographiée qui donnait un résumé détaillé de la vie de Nancy Harmon. Née en Californie, elle avait passé sa jeunesse dans l'Ohio. Bon, voilà qui rendait peu probable toute parenté avec Nancy Eldredge. Dorothy Prentiss avait très bien connu les parents de la femme de Ray en Virginie.

Dorothy Prentiss. Une bouffée de plaisir envahit Jonathan à la pensée de la séduisante collaboratrice de Ray. Il s'arrêtait souvent à l'agence vers dix-sept heures en allant acheter son journal du soir, *Le Globe* de Boston. Ray lui avait conseillé quelques investissements intéressants en terrain qui s'étaient tous révélés fructueux. Il avait également entraîné Jonathan à jouer un rôle actif dans la communauté et les deux hommes étaient rapidement devenus de bons amis.

Néanmoins, Jonathan n'ignorait pas qu'il rendait visite à Ray dans son bureau bien souvent sans nécessité. Ray disait : « Vous arrivez juste à temps pour prendre un verre avant la fin de la journée », et il priait Dorothy de se joindre à eux.

Emily avait toujours eu une prédilection pour les Daïquiris. Dorothy prenait le cocktail préféré de Jonathan – un Rob Roy avec un zeste de citron. Ils s'installaient tous les trois pendant une demi-heure dans le bureau personnel de Ray.

Il appréciait l'humour mordant de Dorothy. Elle venait d'une famille appartenant au monde du spectacle et n'en finissait pas de raconter de merveilleux souvenirs de voyages. Elle avait eu l'intention d'embrasser une carrière d'actrice elle aussi, mais après trois petits rôles *off Broadway,* elle s'était mariée et installée en Virginie. Après la mort de son mari, elle était venue au Cape dans l'intention d'ouvrir un magasin de décoration et elle avait fini par travailler avec Ray. Aux dires de ce dernier, Dorothy savait vendre comme personne; elle était capable d'aider les gens à imaginer les possibilités que l'on pouvait tirer d'une maison à première vue complètement minable.

Ces derniers temps, Jonathan avait de plus en plus fréquemment caressé l'idée d'inviter Dorothy à dîner. Les week-ends lui semblaient longs et à deux reprises, le dimanche après-midi, il avait commencé à composer son numéro de téléphone. Mais il s'était interrompu, hésitant à se lier trop hâtivement à une femme qu'il rencontrait presque tous les jours. De plus, il ne se sentait pas tout à fait sûr de lui. Peut-être avait-elle un peu trop de personnalité à son goût? Toutes ces années de vie commune avec un être aussi totalement féminin qu'Emily ne l'avaient pas préparé à s'adapter sur le plan personnel à une femme extrêmement indépendante.

Seigneur, que lui arrivait-il donc? Il avait l'esprit ailleurs ce matin! Pourquoi se laissait-il si facilement distraire de cette affaire Harmon?

Il alluma sa pipe d'un geste résolu, reprit le dossier et se carra dans son fauteuil. Il s'attaqua à la première liasse de documents.

Une heure et quinze minutes passèrent. Seuls le tic-tac de l'horloge, les assauts croissants du vent dans les pins derrière la fenêtre et les grognements sceptiques que poussait Jonathan par intermittence rompirent le silence. A la fin, fronçant les sourcils sous l'effet de la concentration, il reposa les documents sur son bureau et se dirigea lentement vers la cuisine pour se préparer du café. Au point où il en était, il en avait assez lu pour être certain qu'il y avait quelque chose de suspect dans cette affaire... quelque chose de sous-jacent qui empêchait les faits de concorder avec cohérence.

Il entra dans la cuisine immaculée et, l'air songeur, remplit à demi la bouilloire. Puis il se dirigea vers la porte d'entrée en attendant que l'eau chauffât. On avait déjà déposé le *Cape Cod Community News* sous le porche. Le prenant sous son bras, il regagna la cuisine, versa une cuillère rase de café instantané dans une tasse, ajouta l'eau bouillante, remua et but une gorgée tout en parcourant les gros titres.

Il avait presque fini son café lorsqu'il arriva à la seconde partie du journal. Il resta la main levée, tenant sa tasse en l'air, tandis que son regard se fixait sur la photo de la femme de Ray Eldredge.

Dès l'instant où il découvrit la vérité, Jonathan dut se résoudre à admettre deux faits irréfutables : d'une part Dorothy Prentiss lui avait délibérément menti en lui affirmant avoir autrefois connu Nancy en Virginie. D'autre part, bien que retraité, il aurait dû suivre son instinct d'avocat. Dans son subconscient, il avait toujours su que Nancy Harmon et Nancy Eldredge ne faisaient qu'une seule et même personne.

Il faisait si froid. Elle avait un goût de sable dans la bouche. Du sable? Pourquoi? Où était-elle?

Elle entendait Ray. Il l'appelait, se penchait sur elle, la prenait contre lui. « Nancy, qu'y a-t-il? Nancy, où sont les enfants? »

Elle entendait la peur vibrer dans sa voix. Elle essaya de lever la main, puis la sentit retomber mollement à son côté. Elle voulut parler, mais aucun son ne sortit de ses lèvres. Ray était là, près d'elle, mais elle ne pouvait pas l'atteindre.

Elle entendit Dorothy dire : « Relevez-la, Ray. Emmenez-la à la maison. Nous devons demander de l'aide pour rechercher les enfants. »

Les enfants. Il fallait les retrouver. Nancy voulut dire à Ray de se mettre à leur recherche. Elle sentit ses lèvres former les mots, mais les mots ne vinrent pas.

« Oh! mon Dieu! » C'était la voix brisée de Ray. Elle voulut dire : « Ne t'inquiète pas pour moi, ne t'occupe pas de moi. Cherche les enfants. » Mais elle fut incapable de parler. Ray la remettait debout, la tenait contre lui. « Que lui est-il arrivé, Dorothy? demanda-t-il. Qu'est-ce qui lui a pris?

– Ray, il faut prévenir la police.

– La police! » Nancy perçut vaguement un refus dans le ton de Ray.

« Bien sûr. Nous avons besoin d'aide pour retrouver les enfants. Ray, vite! Chaque minute compte. Vous ne pouvez plus protéger Nancy à présent, vous le savez bien. Tout le monde va la reconnaître sur cette photo. »

La photo. Nancy sentit qu'on la portait. Elle se rendit confusément compte qu'elle grelottait. Mais ce n'était pas ce qui importait. C'était cette photo d'elle vêtue du tailleur en tweed qu'elle avait acheté après la cassation du jugement. On l'avait sortie de prison et conduite dans la salle d'audience du tribunal. Il n'y avait pas eu de renvoi après cassation. Carl était mort; l'étudiant qui avait témoigné contre elle s'était volatilisé; elle avait été relâchée.

Le procureur lui avait dit : « Ne croyez pas vous en tirer à si bon compte. Dussé-je y passer le restant de mes jours, je finirai par trouver une preuve de culpabilité irréfutable. » Et sur ces mots implacables, il l'avait abandonnée dans la salle.

Ensuite, après avoir reçu l'autorisation de quitter l'Etat de Californie, elle s'était fait couper et teindre les cheveux et avait effectué quelques achats. Elle avait toujours détesté le genre de vêtements que Carl l'obligeait à porter et s'était acheté cet ensemble trois pièces et un pull-over à col roulé. Parfois encore, il lui arrivait de porter la veste et le pantalon; elle les avait même mis pour faire ses courses la semaine dernière. Voilà aussi pourquoi la photo était si ressemblante. La photo... elle avait été prise à la gare des autocars, l'endroit où Nancy s'était rendue.

Elle ne s'était pas aperçue qu'on la photographiait. Elle était montée dans le dernier car du soir pour Boston. La gare était presque vide et personne n'avait fait attention à elle; elle s'était sincèrement imaginé qu'elle pouvait s'échapper, recommencer à zéro. Mais quelqu'un avait attendu le moment de tout ramener à la surface.

Je veux mourir, pensa-t-elle. *Je veux mourir.*

Ray marchait d'un pas vif, tout en s'efforçant d'abriter Nancy sous sa veste. Le vent transperçait les vêtements trempés de la jeune femme. Il ne pouvait pas la protéger; il ne pouvait même pas la protéger. Il était trop tard... Peut-être avait-il toujours été trop tard. Peter et Lisa, Michael et Missy. Ils avaient tous les quatre disparu... il était trop tard pour eux tous.

Non. Non. Non. Michael et Missy. Ils étaient là il y a quelques instants à peine. Ils jouaient. Ils s'amusaient dehors sur la balançoire et la moufle était restée accrochée là. Michael n'abandonnerait jamais Missy. Il prenait si bien soin d'elle. C'était comme la dernière fois. La dernière fois... et on les retrouverait comme on avait retrouvé Peter et Lisa, le visage et les cheveux couverts d'algues et de bouts de plastique, le corps gonflé.

Non. Ils devaient être à la maison. Dorothy ouvrait la porte et disait : « J'avertis la police, Ray. »

Nancy sentit l'obscurité l'envelopper. Elle glissait en arrière, à la dérive... Non... non... non...

8

Oh! toute cette agitation. Ces hommes qui s'affairaient comme des fourmis, grouillant autour de la maison et dans le jardin derrière. Il s'humecta nerveusement les lèvres. Il avait la bouche terriblement sèche bien qu'il fût en nage. La transpiration lui mouillait les mains, les pieds, l'aine, les aisselles. Des gouttes de sueur lui coulaient dans le cou et le long du dos.

En regagnant la grande maison, il avait tout de suite porté les enfants à l'intérieur, les montant directement dans la pièce où se trouvait la longue-vue. Ainsi, il pourrait les surveiller et leur parler lorsqu'ils se réveilleraient... les toucher.

Il donnerait peut-être un bain à la petite fille. Il la sécherait avec une serviette de toilette bien douce, la frotterait avec du talc, l'embrasserait. Il avait toute la journée devant lui; la marée ne serait pas haute avant sept heures du soir. Il ferait nuit à ce moment-là et personne ne pourrait voir ni entendre quoi que ce soit. Des jours entiers s'écouleraient avant qu'ils ne soient rejetés sur le rivage. Tout se déroulerait comme la dernière fois.

C'était tellement plus excitant de les toucher tout en sachant que l'on questionnait leur mère en ce moment même. « Qu'avez-vous fait de vos enfants? » lui demandait-on.

Il vit d'autres voitures de police arriver à toute allure sur le chemin en terre battue jusqu'à l'arrière de la maison de Nancy. Mais certaines ne s'arrêtaient pas. Pourquoi se dirigeaient-elles en si grand nombre vers le lac Maushop? Bien sûr. Ils pensaient qu'elle y avait emmené les enfants.

Il se sentit pleinement satisfait. D'ici, il pouvait voir tout ce qui se passait sans risque, parfaitement tranquille et à son aise. Il se demanda si Nancy pleurait. Elle n'avait pas versé une larme durant tout son procès, jusqu'au moment où le juge avait prononcé la sentence de la chambre à gaz. Elle s'était alors caché la figure entre ses mains pour étouffer le bruit de ses sanglots. Les policiers lui avaient passé les menottes et ses longs cheveux épars s'étaient répandus en avant, dissimulant le visage maculé de larmes au regard désespérément fixé sur les physionomies hostiles.

Il se souvint de la première fois où il l'avait vue traverser le campus de l'Université. Il s'était tout de suite senti attiré par elle – la façon dont le vent jouait dans ses cheveux blond vénitien flottant sur ses épaules; les traits délicats; les petites dents blanches bien alignées; les ravissants yeux bleus au regard grave sous les cils et les sourcils noirs et fournis.

Il entendit un sanglot. Nancy? Mais non, bien sûr. C'était la petite fille. L'enfant de Nancy. Il se détourna de la longue-vue avec un regard hostile. Mais un sourire transforma son visage à la vue de la fillette. Ces bouclettes humides sur son front; le petit nez droit, le teint clair... c'était le portrait de Nancy. Elle commençait à se réveiller et gémissait. Les effets du narcotique devaient s'estomper; les deux enfants étaient restés inconscients pendant près d'une heure, comme prévu.

Il s'écarta à regret de la longue-vue. Il avait allongé les enfants à chaque bout du divan en velours épais à l'odeur de moisi. La petite fille pleurait pour de bon à présent. « Maman... Maman... » Elle fermait très fort les yeux, la bouche ouverte... sa petite langue était si rose! Des larmes roulaient sur ses joues.

Il s'assit sur le divan à côté d'elle et déboutonna sa

veste. Elle se rejeta en arrière. « Là, là, dit-il d'un ton apaisant. Tout va bien. »

Le garçon remua et se réveilla à son tour. Il eut le même regard stupéfait qu'en l'apercevant dans le jardin. Il se redressa lentement. « Qui êtes-vous? » interrogea-t-il. Il se frotta les yeux, secoua la tête et regarda autour de lui. « Où sommes-nous? »

Un enfant éveillé... qui savait s'exprimer... d'une voix claire et bien modulée. Parfait. Les enfants bien élevés étaient plus faciles à manier. Ils ne faisaient pas d'histoires. Eduqués à respecter les adultes, ils se montraient généralement dociles. Comme les autres. Ils l'avaient si facilement suivi ce jour-là. Ils s'étaient accroupis dans la malle arrière de la voiture sans poser de question, l'écoutant expliquer qu'ils allaient faire une surprise à maman.

« C'est un jeu, dit-il au jeune garçon. Je suis un vieil ami de ta maman et elle voulait qu'on organise un jeu pour son anniversaire. Savais-tu que c'était son anniversaire aujourd'hui? » Il caressait la petite fille tout en parlant. Elle était si douce, si agréable à toucher.

Le garçon – Michael – parut hésiter. « Je n'aime pas ce jeu », dit-il fermement. Il se mit debout en chancelant. Ecartant les mains de l'homme de sa petite sœur, il la prit dans ses bras. Elle s'agrippa à lui. « Ne pleure pas, Missy, la consola-t-il. C'est simplement un jeu idiot. Nous allons rentrer à la maison maintenant. »

Il paraissait évident qu'il ne se laisserait pas abuser facilement. Il avait la physionomie franche de Ray Eldredge. « Nous n'avons pas envie de jouer à vos jeux, déclara-t-il. Nous voulons rentrer à la maison. »

Il existait un moyen épatant pour obliger le petit garçon à coopérer. « Lâche ta petite sœur, ordonna-t-il. Laisse-la-moi. » D'une main, il sépara brutalement Missy de son frère. De l'autre, il saisit le poignet de Michael et l'entraîna vers la fenêtre. « Sais-tu ce qu'est une longue-vue? »

Michael hocha la tête d'un air incertain. « Oui. C'est comme les jumelles de mon papa. Ça grossit les choses.

– Exact. Tu es très intelligent. Maintenant, regarde. »

L'enfant appliqua son œil contre l'oculaire. « Dis-moi ce que tu vois à présent... Non, ferme bien ton autre œil.

– On voit ma maison.

– Et qu'aperçois-tu?

– Il y a plein de voitures... des voitures de police. Que se passe-t-il? » L'effroi fit trembler sa voix.

Il baissa les yeux sur le petit visage inquiet avec un sourire satisfait. On entendait une légère crépitation contre la vitre. La neige fondue commençait à tomber; poussée par le vent, elle fouettait les carreaux. La visibilité allait très rapidement diminuer. On n'y verrait bientôt plus grand-chose, même à travers la longue-vue. Mais il pourrait profiter d'un long après-midi avec les enfants. Et il savait comment forcer le petit garçon à obéir. « Sais-tu ce que signifie être mort?

– Cela veut dire qu'on va au ciel », répondit Michael.

Il approuva de la tête. « C'est exact. Et ce matin, ta mère est allée au ciel. Voilà pourquoi il y a toutes ces voitures de police. Ton papa vous a confiés à moi pendant un moment et il te fait dire d'être sage et de m'aider à prendre soin de ta sœur. »

Michael parut sur le point de pleurer. Sa lèvre trembla lorsqu'il prononça : « Si maman est allée au ciel, je veux y aller moi aussi. »

Passant ses doigts dans les cheveux du garçon, il berça la petite Missy encore plaintive dans ses bras. « Tu iras, lui dit-il. Ce soir. C'est promis. »

9

LES premiers comptes rendus furent transmis par les téléscripteurs à temps pour les informations de midi. Les présentateurs de télévision, avides d'histoires à sensation, sautèrent sur l'occasion et envoyèrent des enquêteurs dans tous les azimuts pour retrouver les documents concernant le procès de Nancy Harmon.

Toute la presse affréta des avions pour expédier les meilleurs reporters criminels à Cape Cod.

A San Francisco, deux assistants du procureur entendirent le communiqué. « Je t'avais bien dit que cette garce était coupable, hein? dit l'un. J'en étais aussi sûr que si je l'avais vue de mes propres yeux en train de tuer ses enfants. Alors, crois-moi, s'ils n'arrivent pas à l'épingler cette fois-ci, je prends un congé et je passe moi-même la planète au peigne fin pour retrouver ce pauvre débile de Legler et le ramener ici afin qu'il témoigne contre elle. »

A Boston, le docteur Lendon Miles s'apprêtait à profiter de la pause du déjeuner. Mme Markley venait de partir. Après une année de psychanalyse, elle commençait à y voir clair en elle-même. Elle avait fait une étrange remarque il y a quelques minutes. Elle venait de parler d'un incident qui lui était arrivé à l'âge de quatorze ans et avait ajouté : « Vous rendez-vous compte que grâce à vous je change de vie tout en repassant par mon adolescence? Cela fait beaucoup à la fois! » Quelques mois auparavant, elle n'aurait pas eu le cœur à plaisanter.

Lendon Miles aimait son métier. Pour lui, la vie psychique était un ensemble de phénomènes délicats et complexes, un processus mystérieux qui ne se dévoilait qu'à la suite de révélations infimes... l'une amenant lentement, patiemment, l'autre. Il soupira. Son patient de dix heures était en début d'analyse et s'était montré extrêmement agressif.

Il alluma la radio posée près de son bureau pour prendre la fin des informations de midi et tomba sur le communiqué spécial.

Le souvenir d'un vieux chagrin assombrit son visage – Nancy Harmon... la fille de Priscilla. Quatorze ans après, il revoyait Priscilla comme si elle était là, sa silhouette mince et élégante; son port de tête; son sourire prompt comme du vif-argent.

Elle avait commencé à travailler avec lui après la mort de son mari. Elle avait trente-huit ans alors, deux ans de moins que lui. Très vite, il s'était mis à l'emmener dîner en ville lorsqu'ils terminaient tard le soir, et pour la première fois de sa vie, l'idée du mariage lui avait bientôt paru naturelle et même fondamentale. Jusqu'à sa rencontre avec Priscilla, son métier, ses travaux, ses amis et sa liberté lui suffisaient; il n'avait simplement jamais rencontré une femme qui lui donnât envie de changer son statu quo.

Elle s'était peu à peu confiée à lui. Mariée à un pilote de ligne dès la fin de sa première année à l'Université, elle avait eu un enfant, une fille. Manifestement, elle avait été heureuse avec son mari. Mais il était revenu d'un vol en Inde avec une pneumonie virale qui l'avait emporté en vingt-quatre heures.

« J'ai cru ne pas pouvoir le supporter, lui avait dit Priscilla. Dave avait fait des milliers d'heures de vol. Il avait piloté des Boeing 707 à travers les pires tempêtes. Et quelque chose de tellement inattendu... j'ignorais que l'on pût encore mourir d'une pneumonie de nos jours... »

Lendon n'avait jamais rencontré la fille de Priscilla. Elle était partie poursuivre ses études à San Francisco peu de temps après qu'il eut engagé sa mère. La jeune femme lui avait exposé les raisons de cet éloignement : « Nancy s'attachait trop à moi. La mort de Dave l'a beaucoup affectée. Je voudrais la voir heureuse, insouciante, l'éloigner de toute cette atmosphère de chagrin. J'ai moi-même fait mes études à Auberley; c'est là que j'ai rencontré Dave. Nancy m'a souvent accompagnée à des réunions d'anciens élèves. Ce n'est donc pas un endroit totalement inconnu pour elle. »

En novembre, Priscilla avait pris un congé de deux jours pour aller voir Nancy à l'Université. Lendon l'avait conduite en voiture à l'aéroport. Ils étaient restés dans le hall de l'aérogare, attendant l'annonce de son vol. « Inutile de vous dire que vous me manquerez terriblement », avait-il déclaré.

Elle portait un manteau en daim marron foncé qui mettait en valeur sa beauté blonde et raffinée. « Je l'espère bien, avait-elle répondu, les yeux soudain embués. Je suis terriblement inquiète. Nancy semblait très déprimée dans ses dernières lettres. J'ai peur. N'avez-vous jamais eu le pressentiment d'être menacé par quelque chose? »

Il l'avait alors dévisagée et tous deux s'étaient mis à rire. « Vous voyez pourquoi je n'ai jamais osé vous parler auparavant, avait-elle dit. Je savais bien que vous me trouveriez ridicule.

— Au contraire, mon expérience m'a appris à ne pas prendre les pressentiments à la légère. Seulement, j'appelle cela de l'intuition. Mais pourquoi ne m'avez-vous jamais avoué que vous étiez si inquiète? Peut-être devrais-je vous accompagner. Je regrette de ne pas avoir fait la connaissance de Nancy avant son départ.

— Oh! non. C'est probablement moi qui suis une mère poule. En tout cas, j'aurai sûrement besoin de vos lumières à mon retour. » Leurs doigts s'étaient instinctivement entremêlés.

« Ne vous en faites pas trop. Les enfants s'en tirent toujours, et en cas d'ennui sérieux, je vous rejoindrai en avion pendant le week-end, si vous avez besoin de moi.

– Je ne voudrais pas vous ennuyer... »

Une voix impersonnelle jaillit du haut-parleur : « Vol 569 pour San Francisco, embarquement immédiat... »

« Priscilla, pour l'amour du ciel, ne comprenez-vous donc pas que je vous aime?

– Je suis heureuse... je crois... je sais. Je vous aime aussi. »

Leurs derniers instants ensemble. Un commencement... une promesse d'amour.

Elle lui avait téléphoné le lendemain soir. Pour lui dire qu'elle était inquiète et devait lui parler. Elle dînait avec Nancy, mais elle le rappellerait dès son retour à l'hôtel. Serait-il chez lui?

Il avait attendu son appel toute la nuit. En vain. Elle n'était jamais revenue à son hôtel. Il avait appris l'accident le lendemain. La direction de la voiture qu'elle avait louée s'était cassée. Le véhicule avait quitté la route et basculé dans le fossé.

Il aurait sans doute dû aller voir Nancy. Mais lorsqu'il avait fini par trouver son adresse, il était tombé sur le professeur Carl Harmon au téléphone qui lui avait annoncé son intention d'épouser Nancy. Il donnait l'impression d'un homme capable et très responsable. Nancy ne retournerait pas dans l'Ohio. Ils avaient parlé à sa mère de leur projet pendant le dîner. Mme Kiernan s'était montrée soucieuse à cause de la jeunesse de sa fille, mais quoi de plus normal. Elle serait enterrée là-bas, aux côtés de son mari. Après tout, la famille avait résidé en Californie pendant trois générations jusqu'à la petite enfance de Nancy. La jeune fille tenait bien le coup. Il était d'avis qu'il valait mieux pour eux se marier dans la plus stricte intimité sans attendre. Nancy ne serait plus seule à présent.

Qu'aurait pu faire Lendon? Dire à Nancy que sa mère et lui étaient tombés amoureux l'un de l'autre? Il risquait de la froisser. Ce professeur Harmon semblait sincère. Priscilla s'était sans doute simplement inquiétée de voir Nancy prendre une décision aussi définitive à dix-huit ans à peine. Mais Lendon pour sa part ne pouvait strictement rien faire quant à cette décision.

Il avait accepté avec empressement un poste à l'Université de Londres. C'était la raison pour laquelle, loin de son pays, il n'avait entendu parler de l'affaire Harmon qu'une fois le procès terminé.

C'est à l'Université de Londres qu'il avait rencontré Allison. Elle y enseignait et après avoir commencé à découvrir le sens du partage avec Priscilla, un retour à son ancienne existence bien ordonnée de célibataire égoïste lui avait paru impossible. De temps à autre, il s'était demandé où avait pu disparaître Nancy Harmon. Voilà deux ans qu'il s'était installé dans la région de Boston, et elle habitait à une heure et demie d'ici! Peut-être trouverait-il aujourd'hui un moyen de racheter le fait d'avoir failli à la mémoire de Priscilla autrefois.

Le téléphone sonna. Un instant plus tard, la lumière de l'interphone clignota. Il souleva le récepteur.

« Mme Miles vous demande, docteur », lui annonça sa secrétaire.

La voix d'Allison était soucieuse. « Chéri, as-tu entendu les nouvelles au sujet de Nancy Harmon?

– Oui. » Il avait parlé de Priscilla à Allison.

« Que comptes-tu faire? »

Sa question cristallisa une décision déjà inconsciemment prise. « Ce que j'aurais dû faire depuis des années. Je vais tenter d'aider cette fille. Je t'appellerai dès que possible.

– Dieu te garde, chéri. »

Lendon souleva l'interphone et ordonna vivement à sa secrétaire : « Demandez au docteur Marcus de se charger de mes rendez-vous de l'après-midi, je vous prie. Dites-lui que j'ai une urgence. Et annulez mon cours de seize heures. Je pars sur l'heure pour Cape Cod. »

10

« Nous avons commencé à draguer le lac, Ray. Nous avons fait passer des communiqués sur les chaînes de radio et de télévision, et on nous envoie des renforts de toute la région pour nous aider dans les recherches. » Jed Coffin, le commissaire de police d'Adams Port s'efforçait d'adopter le ton réconfortant qu'il aurait normalement pris pour la disparition de deux enfants.

Mais devant l'angoisse que reflétait le regard de Ray et la pâleur mortelle de son visage, il n'était pas aisé d'avoir l'air rassurant et plein de sollicitude. Ray l'avait trompé – il lui avait présenté sa femme, racontant qu'elle était originaire de Virginie et qu'elle y avait connu Dorothy. Il l'avait abusé d'un flot de paroles sans jamais lui dire la vérité. Et le commissaire n'avait rien deviné – ni même soupçonné. C'était ça qui l'irritait. Il n'avait pas eu le moindre soupçon.

Pour Jed Coffin, tout était très clair. Après avoir lu l'article paru à son sujet dans le journal, cette femme s'était rendu compte que tout le monde allait savoir qui elle était et elle avait perdu les pédales. Elle avait agi avec ces pauvres gosses comme avec les autres. Observant attentivement Ray, il présuma que le jeune homme pensait à peu près la même chose que lui.

Il y avait des restes carbonisés du journal de ce matin dans la cheminée. Le commissaire surprit Ray en train de les regarder. A voir les bords déchiquetés des parties qui n'avaient pas brûlé, il était évident que le journal avait été déchiré dans un accès d'hystérie.

« Le docteur Smathers est-il encore en haut auprès d'elle? » Un manque de courtoisie involontaire perçait dans sa question. Il avait toujours appelé Nancy « Mme Eldredge » jusqu'à présent.

« Oui. Il va lui faire une piqûre pour la calmer sans qu'elle perde conscience. Il faut que nous lui parlions. Oh! Seigneur Dieu! »

Ray s'assit à la table de la salle à manger, la tête cachée entre les mains. A peine quelques heures auparavant, Nancy était assise à la même table, sur cette même chaise, tenant Missy dans ses bras tandis que Mike lui demandait : « C'est vraiment ton anniversaire, maman? » Ray avait-il déclenché quelque chose dans son subconscient en insistant pour fêter cet anniversaire?... et ensuite cet article... Avait-elle...?

« Non! » Ray leva la tête et cligna des paupières, détournant son visage du regard du policier debout près de la porte du fond.

« Qu'y a-t-il? demanda le commissaire Coffin.

— Nancy est incapable de faire du mal aux enfants. Quoi qu'il soit arrivé, ce n'est pas ça.

— Dans son état normal, elle ne leur ferait effectivement pas de mal, mais j'ai vu des femmes perdre complètement la tête, et c'est là toute l'histoire.... »

Ray se leva, agrippant le bord de la table. Son regard glissa sans s'arrêter sur le commissaire, comme si ce dernier n'existait pas. « J'ai besoin que l'on m'aide, dit-il. Que l'on m'aide véritablement. »

La pièce était un vrai champ de bataille. Les policiers avaient rapidement fouillé la maison avant de concentrer leurs recherches à l'extérieur. Un photographe de la police prenait encore des photos de la cuisine, à l'endroit où la cafetière était tombée, répandant des traces de café noir sur la cuisinière et sur le sol. Le téléphone ne cessait de sonner. La réponse était toujours la même : « Le commissaire fera une déclaration ultérieurement. »

Le policier chargé de répondre au téléphone s'approcha de la table. « C'est l'A.P., dit-il. Les agences de presse ont eu vent de l'histoire. Ce sera la cohue dans une heure. »

Les agences de presse. Ray se souvint de l'expression tourmentée qui avait mis si longtemps à se dissiper sur le visage de Nancy. Il revit sa photo dans le journal de ce matin, sa main levée comme si elle cherchait à détourner les coups. Il bouscula le commissaire Coffin, se rua au premier étage et ouvrit la porte de la chambre principale. Assis auprès de Nancy, le docteur lui prenait les mains. « Vous m'entendez, Nancy, disait-il. Je sais que vous m'entendez. Ray est ici. Il est très inquiet à votre sujet. Parlez-lui, Nancy. »

Elle fermait les yeux. Dorothy avait aidé Ray à lui ôter ses vêtements mouillés et à lui passer une robe de chambre moelleuse, mais elle semblait étrangement petite et inanimée dans cette tenue – bien peu différente d'une enfant elle-même.

Ray se pencha vers elle. « Chérie, je t'en prie, tu dois venir en aide aux enfants. Il faut les retrouver. Ils ont besoin de toi. Fais un effort, Nancy. Je t'en supplie, fais un effort.

– Ray, je vous en prie », l'arrêta le docteur Smathers. Son visage sensible était creusé de rides. « Elle a subi un choc terrible – que ce soit en lisant cet article ou à cause d'autre chose. Son esprit s'efforce d'y faire face.

– Mais nous devons savoir ce qui s'est passé, s'exclama Ray. Peut-être même a-t-elle vu quelqu'un emmener les enfants. Nancy, je sais. Je comprends. Ne t'inquiète pas pour cet article. Nous ferons front ensemble. Mais, chérie, où sont les enfants? Tu dois nous aider à les retrouver. Crois-tu qu'ils soient allés du côté du lac? »

Nancy frissonna. Un cri étranglé sortit du fond de sa gorge. Ses lèvres formèrent les mots : « Trouve-les... retrouve-les...

– Nous les retrouverons. Mais nous avons besoin de

toi. Chérie, je vais t'aider à te relever. Tu le peux. Allons, viens maintenant. »

Se penchant sur elle, il la soutint dans ses bras. Il vit qu'elle s'était écorché le visage au contact du sable. Il restait encore des grains humides accrochés dans ses cheveux. Pourquoi? A moins que...

« Je lui ait fait une piqûre, dit le docteur. Cela devrait apaiser son angoisse, sans pour autant l'assommer complètement. »

Elle se sentait terriblement lasse, engourdie. C'était la même sensation qu'elle avait éprouvée pendant de si longues années – depuis le soir où sa mère était morte... ou peut-être même avant... la sensation d'être sans défense, soumise... incapable de choisir, de bouger ou même de parler. Elle se rappelait encore toutes ces nuits où elle restait dans son lit, les yeux collés, lourds de fatigue. Carl s'était montré si patient avec elle. Il avait tout fait pour elle. Elle avait beau se répéter sans cesse qu'il fallait être plus énergique, surmonter son effroyable léthargie, elle n'y était jamais parvenue.

Mais c'était il y a si longtemps. Elle n'y avait plus pensé, plus pensé à Carl; ni aux enfants; ni à Rob Legler, le bel étudiant qui avait paru éprouver de la sympathie pour elle, qui l'avait fait rire. Les enfants étaient si joyeux en sa présence, si heureux. Elle l'avait pris pour un véritable ami. Mais à la barre des témoins, il avait déclaré : « Elle m'a dit que ses enfants allaient être étouffés. Ce furent ses propres mots, quatre jours avant leur disparition. »

« Nancy, je t'en prie. Nancy. Pourquoi t'es-tu dirigée vers le lac? »

Elle entendit l'exclamation sourde qui jaillit de ses lèvres. Le lac. Les enfants s'étaient-ils rendus là-bas? Elle devait aller les chercher.

Elle sentit Ray la soulever et se laissa aller contre lui, puis se força à se redresser. Il serait tellement plus facile de se dérober, de glisser dans le sommeil, comme elle le faisait alors.

« Voilà. Très bien, Nancy. » Ray regarda le médecin. « Croyez-vous qu'une tasse de café...? »

Le docteur hocha la tête. « Je vais demander à Dorothy de lui en préparer. »

Du café. Elle était en train de réchauffer du café lorsqu'elle avait vu la photo dans le journal. Nancy ouvrit les yeux. « Ray, chuchota-t-elle. Ils vont savoir. Tout le monde va savoir. Tu ne peux pas le cacher... tu ne peux pas le cacher. » Mais il y avait autre chose. « Les enfants. » Elle agrippa le bras de Ray. « Trouve-les, Ray. Trouve mes petits.

– Calme-toi, chérie. C'est pour cela que nous avons besoin de toi. Tu dois tout nous raconter. Le moindre détail. Essaie de rassembler tes esprits pendant quelques minutes. »

Dorothy entra avec une tasse de café fumant. « J'ai fait du Nescafé. Comment va-t-elle ?

– Elle revient à elle.

– Le commissaire Coffin est impatient de l'interroger.

– Ray ! » Prise de panique, Nancy s'accrocha au bras de son mari.

« Chérie, c'est seulement parce que nous ne pouvions pas retrouver les enfants sans son aide. Ne t'inquiète pas. »

Elle but une gorgée de café et apprécia la saveur brûlante du breuvage en l'avalant. Si seulement elle pouvait se souvenir... se réveiller... échapper à cette terrible léthargie.

Sa voix. Elle était capable de parler à présent. Ses lèvres lui semblaient épaisses, pâteuses, pareilles à du caoutchouc. Mais elle devait parler... les aider à retrouver les enfants. Elle voulait descendre au rez-de-chaussée. Il ne fallait pas qu'elle restât ici... à attendre dans sa chambre... incapable de descendre... d'affronter les gens en bas... les policiers... les épouses des professeurs de faculté... Y a-t-il de la famille ?... Désirez-vous que nous prévenions quelqu'un ?... Personne... personne... personne...

63

S'appuyant lourdement au bras de Ray, elle se leva en chancelant. Ray. Elle avait son bras pour la soutenir aujourd'hui. Les enfants de Ray. Ses enfants à lui.

« Ray... je ne leur ai pas fait de mal.

– Bien sûr, chérie. »

Sa voix trop apaisante... l'intonation bouleversée. Comment ne serait-il pas bouleversé? Il se demandait pourquoi elle éprouvait le besoin de se défendre. Aucune mère digne de ce nom ne parlait de faire du mal à ses enfants. Alors, pourquoi le faisait-elle?...

Au prix d'un effort suprême, elle se dirigea à tâtons vers la porte. Le bras passé autour de sa taille, Ray l'aida à affermir ses pas. Elle ne sentait pas ses pieds. Ils n'étaient plus là. Elle n'était plus là. C'était l'un de ses cauchemars habituels. Dans quelques minutes, elle allait se réveiller comme au cours de tant de nuits, se glisser hors de son lit et se diriger vers la chambre de Missy et de Michael pour vérifier s'ils étaient bien couverts avant de retourner se coucher, tout doucement, sans faire de bruit, sans réveiller Ray. Mais il tendrait les bras dans son sommeil, l'attirant contre lui, et elle se rendormirait, apaisée par l'odeur chaude de son corps.

Ils commencèrent à descendre l'escalier. Tous ces policiers, la tête levée vers elle... étrangement immobiles... suspendus dans le temps.

Le commissaire Coffin était assis à la table de la salle à manger. Elle sentit son hostilité... C'était comme la dernière fois.

« Madame Eldredge, comment vous sentez-vous? »

Question de pure forme, sans bienveillance. Sans doute, ne se serait-il pas donné la peine de la formuler si Ray n'avait été présent.

« Bien, merci. » Elle n'avait jamais aimé cet homme.

« Nous recherchons vos enfants. J'ai toutes les raisons de croire que nous les trouverons rapidement.

Mais il faut que vous nous aidiez. Quand avez-vous vu Michael et Missy pour la dernière fois?

— Quelques minutes avant dix heures. Je leur ai permis d'aller jouer dehors et je suis montée faire les lits.

— Combien de temps êtes-vous restée en haut?

— Dix minutes... pas plus de quinze.

— Qu'avez-vous fait ensuite?

— Je suis redescendue. J'avais l'intention de faire une lessive et ensuite d'appeler les enfants. Mais après avoir mis la machine à laver en marche, j'ai décidé de réchauffer du café. Puis j'ai vu le livreur distribuer le journal.

— Lui avez-vous parlé?

— Non. En fait, je ne peux pas dire que je l'aie vu. Il tournait au bout de l'allée au moment où je suis allée ramasser le journal.

— Je vois. Qu'est-il arrivé ensuite?

— Je suis retournée dans la cuisine. J'ai branché la cafetière — elle était encore chaude. J'ai commencé à feuilleter le journal.

— Et vous avez vu l'article. »

Nancy regarda fixement droit devant elle et hocha la tête.

« Comment avez-vous réagi?

— Je crois que je me suis mise à crier... je ne sais plus...

— Que s'est-il passé avec la cafetière?

— Je l'ai renversée en la heurtant... le café s'est répandu. Il m'a brûlé la main.

— Pourquoi avez-vous fait cela?

— Je ne sais pas. Je ne l'ai pas fait exprès. Il me semblait que ma tête allait éclater. Je savais qu'à nouveau tous les regards allaient se tourner vers moi. Les gens se mettraient à me dévisager, à chuchoter. Ils diraient que j'ai tué les enfants. Et Michael ne devait pas voir ça. Jamais. J'ai emporté le journal en courant. Je l'ai fourré dans la cheminée. J'ai frotté une allu-mette et il a pris feu... il s'est mis à brûler... et je me suis aperçue qu'il fallait que j'aille chercher Michael et Missy. Je devais les cacher. Mais c'était comme la dernière fois. Lorsque les enfants avaient disparu. Je me suis précipitée dehors pour aller chercher Michael et Missy. J'avais peur.

— Ecoutez-moi bien, maintenant. Ceci est très important. Avez-vous vu les enfants?

— Non. Ils étaient partis. Je les ai appelés. J'ai couru vers le lac.

— Madame Eldredge, cette question est capitale : pourquoi avez-vous couru vers le lac? Votre mari affirme que les enfants n'avaient pas la permission d'y aller et qu'ils n'ont jamais désobéi. Pourquoi n'avez-vous pas eu l'idée de partir les chercher sur la route, ou dans les bois, ou en ville au cas où ils auraient décidé de s'y rendre pour acheter votre cadeau d'anniversaire? Pourquoi le lac?

— Parce que j'avais peur. Parce que Peter et Lisa sont morts noyés. Parce que je devais retrouver Michael et Missy. La moufle de Missy était restée accrochée sur la balançoire. Elle perd tout le temps une moufle. J'ai couru vers le lac. Je devais retrouver les enfants. Tout va recommencer comme la dernière fois... leurs visages tout mouillés et immobiles... et ils ne me parleront pas... » Sa voix se brisa.

Le commissaire Coffin se redressa. Il prit un ton guindé. « Madame Eldredge, dit-il, il est de mon devoir de vous informer que vous avez le droit de prendre un avocat avant de répondre à d'autres questions et que toutes vos déclarations peuvent être retenues contre vous. »

Sans attendre de réponse, il se leva, quitta la pièce d'un air digne et se dirigea vers la porte de derrière. Une voiture conduite par un policier l'attendait dans l'allée à l'arrière de la maison. La neige fondue lui cingla la figure lorsqu'il sortit. Il s'engouffra dans la voiture et le vent claqua la portière, la rabattant sur sa chaussure. Il grimaça sous l'effet de la douleur qui lui transperça la cheville et grommela : « Au lac. »

Pas question de faire des recherches si le temps empirait. A midi, il faisait déjà tellement sombre qu'on se serait cru en fin de soirée. Les opérations de dragage posaient déjà suffisamment de problèmes dans les conditions optimales. Maushop était l'un des plus grands lacs du Cape et l'un des plus profonds et des plus dangereux. C'était la raison pour laquelle il y avait eu tant de noyades au cours des années. Vous pouviez vous avancer tranquillement dans l'eau jusqu'à la taille et, au pas suivant, vous retrouver dans un creux de dix mètres. Si ces gosses s'étaient noyés, leurs corps ne reviendraient peut-être pas à la surface avant le printemps prochain. A la vitesse à laquelle chutait la température, le lac serait d'ici peu transformé en patinoire.

Généralement déserts à cette époque de l'année et surtout par un temps pareil, les bords du lac étaient noirs de monde. Serrés en petits groupes, les curieux regardaient en silence l'espace délimité par une corde où se tenaient les plongeurs et leur équipement derrière un rang de policiers.

Le commissaire Coffin s'élança hors de la voiture de police et se précipita vers la plage. Il rejoignit directement Pete Regan, le lieutenant chargé de diriger l'opération. Le geste désabusé de Pete répondit à son interrogation muette.

Courbant le dos contre le froid à l'intérieur de son manteau, le commissaire frappa du pied pour chasser la neige fondue qui pénétrait dans ses chaussures. Il se demanda si c'était de cet endroit que Nancy Eldredge avait traîné ses enfants dans l'eau. En ce moment, des hommes risquaient leur vie à cause d'elle. Dieu seul savait où et quand on retrouverait ces pauvres gosses. Voilà ce qui arrive... un vice de procédure... une femme condamnée pour meurtre s'en tire parce qu'un de ces tordus d'avocats persuade deux magistrats au cœur sensible de casser une condamnation.

Exaspéré, il interpella sèchement Pete.

Pete se retourna vivement vers lui. « Chef?

– Pendant combien de temps ces gars vont-ils encore plonger?

– Ils sont déjà descendus deux fois. Après cette séance, ils remettront ça encore une fois; puis ils s'arrêteront un peu avant de localiser les recherches dans un autre secteur. »

Il désigna la caméra de télévision. « On va faire les gros titres ce soir. Vous feriez mieux d'avoir une déclaration toute prête. »

Les doigts gourds, le commissaire fouilla dans la poche de son manteau. « J'ai griffonné quelques mots. » Il lut lentement : « Nous menons une opération massive pour retrouver les enfants de Nancy Eldredge. Des équipes de volontaires passent au peigne fin le voisinage de la maison ainsi que les bois environnants. Des hélicoptères effectuent une reconnaissance. Vu la proximité de la maison des Eldredge, l'exploration du lac Maushop doit être considérée comme un complément normal des recherches. »

Mais lorsqu'il fit cette déclaration à la foule croissante des reporters un instant plus tard, l'un d'eux demanda : « Est-il exact que l'on ait trouvé Nancy Eldredge trempée et en proie à une crise de nerfs au bord du lac, ce matin après la disparition des enfants?

– C'est exact. »

Un homme mince au regard perçant en qui il reconnut l'un des reporters du journal télévisé de la chaîne n° 5 de Boston questionna : « Compte tenu de ce fait et du passé de Mme Eldredge, les recherches dans le lac ne prennent-elles pas une signification particulière?

– Nous envisageons toutes les possibilités. »

Les questions se mirent alors à pleuvoir, les journalistes s'interrompant les uns les autres. « Vu la tragédie d'autrefois, la disparition des enfants Eldredge ne peut-elle sembler suspecte?

– Répondre à cette question porterait préjudice aux droits de Mme Eldredge.

– Quand l'interrogerez-vous à nouveau?

– Dès que possible.

– Sait-on si Mme Eldredge était au courant de l'article qui a paru à son sujet dans le journal de ce matin?

– Je suppose qu'elle l'était.

– Quelle a été sa réaction à la lecture de cet article?

– Je ne peux le dire.

– Est-il exact que la plupart des habitants de cette ville, si ce n'est tous, ignoraient le passé de Mme Eldredge?

– Exact.

– Etiez-vous au courant de sa véritable identité?

– Non. Je l'ignorais. » Le commissaire parlait entre ses dents. « Les questions sont terminées », dit-il.

Mais avant qu'il ne pût s'éloigner, une dernière question fusa. Un journaliste du *Boston Herald* lui barra le chemin. Tous les autres correspondants cessèrent de chercher à attirer l'attention de Jed Coffin en entendant le reporter demander à voix haute : « Commissaire, durant ces six dernières années, n'y a-t-il pas eu plusieurs morts inexpliquées de jeunes enfants au Cape et dans les régions avoisinantes?

– Si.

– Commissaire, depuis combien de temps Nancy Harmon Eldredge vit-elle au Cape?

– Six ans, je crois.

– Merci, commissaire. »

11

JONATHAN KNOWLES ne s'aperçut pas que le temps passait. Pas plus qu'il n'eut conscience de l'agitation qui régnait autour du lac Maushop. Il enregistra à son insu le fait que la circulation était plus dense que d'habitude devant sa maison. Mais son bureau était situé à l'arrière de la maison et le bruit parvenait étouffé à ses oreilles.

Passé le premier choc éprouvé en découvrant que la femme de Ray Eldredge n'était autre que la fameuse Nancy Harmon, il avait avalé une seconde tasse de café et s'était installé à son bureau. Il décida de s'en tenir à son plan, de commencer à étudier l'affaire Harmon exactement comme il l'avait prévu. S'il s'apercevait que le fait de connaître personnellement la jeune femme le gênait pour traiter son cas, il supprimerait purement et simplement ce chapitre de son livre.

Il commença son travail de recherche par une lecture attentive de l'article à sensation paru dans le journal du Cape. Avec une profusion de détails insidieusement destinés à susciter l'horreur chez le lecteur, l'article retraçait le passé de Nancy Harmon, jeune épouse d'un professeur d'Université... deux enfants... une maison dans le campus universitaire. Une vie de rêve jusqu'au jour où le professeur Harmon avait envoyé l'un de ses étudiants chez lui pour réparer la chaudière à mazout. L'étudiant était séduisant, beau parleur et savait s'y prendre avec les femmes. Et Nancy, à peine âgée de vingt-cinq ans, s'était laissé tourner la tête.

Jonathan lut les extraits des dépositions rapportées par le journal. L'étudiant, Rob Legler, expliquait comment il avait rencontré Nancy. « Je me trouvais dans le bureau du professeur Harmon lorsque sa femme lui a téléphoné que la chaudière ne fonctionnait pas. Il n'y a pas de panne que je ne sache réparer, et j'ai donc proposé de passer chez lui. Il n'était pas très chaud pour m'y envoyer, mais il n'a pas pu joindre le service d'entretien habituel de sa maison et il fallait bien remettre le chauffage en marche.

– Vous a-t-il donné des instructions particulières concernant sa famille? avait demandé le procureur.

– Oui. Il m'a dit que sa femme n'était pas en bonne santé et que je ne devais pas l'importuner; si j'avais besoin de quelque chose ou des questions à poser sur un problème particulier, il m'a conseillé de lui téléphoner.

– Avez-vous suivi les instructions du professeur Harmon?

– C'était mon intention, monsieur, mais il m'était difficile d'ignorer que sa femme me suivait partout comme un petit chien.

– Objection, Votre Honneur! » Mais l'avocat de la défense s'y était pris trop tard. L'argument était passé. Et la suite de la déposition de l'étudiant avait causé un préjudice considérable. A la question : « Avez-vous eu un contact physique avec Mme Harmon? » il avait répondu sans détour.

« Oui, monsieur.

– Comment cela est-il arrivé?

– J'étais en train de lui montrer l'emplacement de l'interrupteur de sécurité sur la chaudière. C'était un de ces anciens appareils à air soufflé et la panne venait de l'interrupteur.

– Le professeur Harmon ne vous avait-il pas recommandé de ne pas importuner Mme Harmon avec des questions ou des explications?

– Elle a insisté pour être mise au courant, déclarant qu'elle devait apprendre à se débrouiller chez elle. Je lui ai donc montré comment ça marchait. Elle s'est alors penchée vers moi pour faire fonctionner l'interrupteur et... eh bien, je me suis dit, pourquoi pas?... et je lui ai fait du gringue.

– Comment Mme Harmon a-t-elle réagi?

– Ça ne lui a pas déplu. Je peux vous l'affirmer.

– Voulez-vous expliquer exactement ce qui s'est passé?

– Ce n'est pas tellement ce qui s'est passé. Parce qu'il ne s'est pas passé grand-chose. C'est juste que ça lui a plu. Je l'ai tournée vers moi, je l'ai prise dans mes bras et je l'ai embrassée. Elle s'est écartée au bout d'une minute, mais plutôt à contrecœur.

– Que s'est-il passé ensuite?

– J'ai dit que c'était drôlement agréable, quelque chose comme ça.

– Qu'a répondu Mme Harmon?

– Elle m'a regardé et elle a dit... comme si elle ne s'adressait pas à moi... elle a dit : « Il faut que je m'en « aille d'ici. » Il m'a semblé qu'il valait mieux éviter les ennuis. Je veux dire, je n'avais pas envie de risquer d'être fichu à la porte de l'Université et de finir sous les drapeaux. C'était uniquement pour ça que je faisais ces soi-disant études. J'ai dit : « Ecoutez, madame « Harmon... » puis j'ai décidé qu'il était temps de l'appeler Nancy... « Ecoutez, Nancy, ai-je donc dit, il « ne faut pas en faire une montagne. Nous trouverons « bien un moyen de nous rencontrer sans que per- « sonne le sache. Vous ne pouvez pas vous en aller « d'ici... vous avez vos enfants. »

– Comment Mme Harmon a-t-elle réagi à cette déclaration?

– Eh bien, c'est curieux. Juste à ce moment-là, le garçon... Peter... est descendu la chercher. C'était un gosse extrêmement silencieux – il n'a pas ouvert le bec.

Elle a eu l'air égaré et elle a dit : « Les enfants; » puis elle s'est mise à rire bizarrement en ajoutant : « Mais « ils vont être étouffés. »

– Monsieur Legler, vous venez de prononcer une phrase capitale. Etes-vous certain de répéter les mots exacts prononcés par Mme Harmon?

– Oui, monsieur. Ça m'a fichu la chair de poule sur le moment. C'est pourquoi je m'en souviens si bien. Mais bien sûr, en entendant quelqu'un dire une chose pareille, vous ne le prenez pas au sérieux.

– A quelle date Nancy Harmon a-t-elle fait cette remarque?

– C'était le 13 novembre. Je m'en souviens car le professeur Harmon a absolument tenu à me donner un chèque pour la réparation lorsque je suis retourné au collège.

– Le 13 novembre... et quatre jours plus tard les enfants Harmon ont disparu de la voiture de leur mère et ont finalement été rejetés sur le rivage de la baie de San Francisco avec des sacs de plastique sur la tête – étouffés, en effet.

– C'est exact. »

L'avocat de la défense avait tenté de minimiser l'effet provoqué par le récit. « Mme Harmon est-elle restée dans vos bras?

– Non. Elle est montée au premier étage avec ses enfants.

– Donc, il n'y a que vous pour affirmer qu'elle a pris plaisir au baiser que vous lui avez imposé.

– Croyez-moi, je sais reconnaître une nana consentante quand j'en croise une. »

Il y avait aussi la déposition sous serment de Nancy lorsqu'on l'avait questionnée sur cet épisode. « Oui, il m'a embrassée. Oui, je savais sans doute qu'il allait le faire et je ne m'y suis pas opposée.

– Vous souvenez-vous également d'avoir déclaré que vos enfants allaient être étouffés?

– Oui.

– Qu'entendiez-vous par là? »

D'après l'article, Nancy avait simplement regardé par-delà son avocat et fixé sans les voir les visages dans la salle du tribunal.

« Je ne sais pas », avait-elle dit d'une voix absente.

Jonathan hocha la tête et jura en silence. On n'aurait jamais dû laisser cette fille venir à la barre des témoins. Elle n'avait fait qu'aggraver son cas. Il poursuivit sa lecture et fit une grimace en arrivant au récit de la découverte de ces malheureux enfants. Rejetés par la mer sur le rivage à quatre-vingts kilomètres de là. Cadavres affreusement gonflés, couverts d'algues, celui de la petite fille sauvagement mutilé – probablement par des morsures de requin; les chandails tricotés à la main rouge vif avec leur motif blanc qui faisaient une tache encore étonnamment colorée sur les petits corps.

La lecture de l'article terminée, Jonathan tourna son attention vers le dossier volumineux que lui avait envoyé Kevin. Il se mit à le parcourir, commençant par les premières coupures de journaux consacrées à la disparition des enfants Harmon de la voiture de leur mère pendant qu'elle faisait ses courses. Des agrandissements flous d'instantanés des deux enfants; une description minutieuse de leurs poids et taille et des vêtements qu'ils portaient; toute personne possédant une information quelconque était priée de téléphoner au numéro indiqué. L'esprit et l'œil exercés, Jonathan lut rapidement, classant et comparant les déclarations, soulignant légèrement d'un trait les faits convaincants sur lesquels il avait l'intention de revenir par la suite. Lorsqu'il s'attaqua au procès-verbal de l'audience, il comprit pourquoi Kevin avait traité Nancy Harmon de cible de choix pour l'accusation. L'attitude de cette fille n'avait pas de sens. Elle s'était fait complètement piéger par le procureur en témoignant de cette façon – sans même chercher à se défendre, semblant protester de son innocence uniquement pour la forme, sans émotion.

Qu'est-ce qui lui avait pris? se demanda Jonathan.

On aurait cru qu'elle ne désirait pas s'en tirer. A la barre des témoins, elle s'était même tournée vers son mari à un moment en disant : « Oh! Carl, peux-tu me pardonner? »

Les rides se creusèrent encore davantage sur le front de Jonathan tandis qu'il se rappelait être passé à peine quelques heures auparavant devant la maison des Eldredge et avoir jeté un coup d'œil sur cette jeune famille réunie autour de la table du petit déjeuner. Les comparant à sa solitude, il s'était senti jaloux. A présent, leur existence était brisée. Ils ne pourraient pas rester au sein d'une communauté aussi étroite d'esprit que celle du Cape, sachant que partout sur leur passage les gens jaseraient en les montrant du doigt. Tout le monde allait immédiatement reconnaître Nancy sur la photo. Jonathan se souvenait de l'avoir vue vêtue de ce tailleur en tweed – encore récemment.

Il se rappela brusquement en quelles circonstances. C'était au supermarché Lowery. Il était tombé sur Nancy un jour où ils faisaient tous les deux leurs courses et ils avaient bavardé pendant quelques instants. Il avait admiré son tailleur, lui faisant remarquer que rien n'était plus élégant qu'un tweed de belle qualité – en pure laine bien entendu; pas une de ces camelotes en synthétique sans tenue ni allure.

Nancy lui avait paru très jolie ce jour-là. Une écharpe jaune négligemment nouée autour de son cou relevait la pointe de safran dans le tissu à prédominance de brun et de roux. Nancy lui avait souri – un sourire chaleureux, exquis, enveloppant. Les enfants l'accompagnaient. Deux enfants charmants, bien élevés. Le petit garçon avait dit : « Oh! Maman, je vais prendre les céréales », et en voulant attraper le paquet, il avait heurté une pile de boîtes de conserve.

Le fracas avait ameuté tout le magasin, y compris Lowery lui-même, homme revêche et désagréable s'il en fut. Bien des jeunes mères, gênées, se seraient mises à réprimander l'enfant. Jonathan avait admiré la façon dont Nancy avait dit très calmement : « Nous sommes désolés, monsieur Lowery. Il ne l'a pas fait exprès. Nous allons réparer les dégâts. »

Puis elle s'était tournée vers le petit garçon tout contrit à côté d'elle. « Ne t'inquiète pas, Mike. Ce n'est pas de ta faute. Viens. Remettons les boîtes en place. »

Jonathan l'avait aidée non sans avoir d'abord lancé un regard d'avertissement à Lowery qui s'apprêtait visiblement à faire une remarque désobligeante. Il semblait à peine croyable que, sept années auparavant, cette même jeune femme si attentionnée ait délibérément pu supprimer la vie de ses deux autres enfants – enfants à qui elle avait donné la vie.

Mais la passion est un mobile puissant et Nancy était très jeune à cette époque-là. Son extrême indifférence lors de son procès reflétait peut-être l'acceptation de sa culpabilité, même si elle ne pouvait se résoudre en public à avouer un crime aussi odieux. Jonathan avait déjà observé ce genre de comportement.

Le carillon de l'entrée retentit. Surpris, Jonathan se leva. Peu de gens se permettaient de vous rendre visite sans prévenir au Cape, et les démarchages étaient strictement interdits.

En se dirigeant vers la porte, il s'aperçut qu'il était raide comme un bâton à force d'être resté assis. A son grand étonnement, son visiteur était un policier, un jeune homme dont il reconnut vaguement le visage pour l'avoir entrevu dans une voiture de patrouille. *Une vente de tickets de tombola*, pensa-t-il sur le coup, mais il écarta au même instant cette hypothèse. Le jeune officier de police entra sur son invitation. Il y avait une sorte de raideur grave et décidée dans son maintien. « Monsieur, je suis désolé de vous importuner, mais nous enquêtons sur la disparition des enfants Eldredge. »

Puis, sous le regard interdit de Jonathan, il sortit un carnet. Tout en parcourant des yeux la maison bien ordonnée, il commença à questionner. « Vous vivez seul ici, n'est-ce pas, monsieur? »

Sans répondre, Jonathan passa devant lui et ouvrit la lourde porte d'entrée. Il prit alors conscience de la présence de voitures insolites sur la route du lac et d'une foule d'hommes à l'air sévère vêtus de gros cirés qui fouillaient les environs.

12

« AVALEZ ça, Nancy. Vous avez les mains glacées. Cela vous fera du bien. Vous avez besoin de toutes vos forces. » La voix de Dorothy était pleine de sollicitude. Nancy secoua la tête. Dorothy posa le bol sur la table, espérant que le fumet des légumes frais qui avaient mijoté dans un potage à la tomate bien relevé finirait par la tenter.

« Je l'ai préparé hier, dit Nancy d'une voix sans timbre. Pour le déjeuner des enfants. Les enfants doivent avoir faim. »

Ray était assis auprès d'elle, un bras protecteur passé sur le dossier de sa chaise, un cendrier plein à ras bord devant lui.

« Ne te torture pas, chérie », dit-il doucement.

Dehors, dominant le fracas des volets et des vitres, on entendait le bruit saccadé des hélicoptères volant à basse altitude.

Ray répondit à la question qu'il lut sur le visage de Nancy. « Ils ont envoyé trois hélicoptères explorer la région. Ils repéreront rapidement les enfants s'ils se sont seulement égarés. Il y a des volontaires venus de toutes les villes du Cape. Deux avions survolent la baie et le détroit. Tout le monde s'y est mis.

– Et il y a des plongeurs dans le lac, dit Nancy, qui recherchent les corps de mes enfants. » Elle parlait d'un ton monocorde et absent.

Après avoir fait sa déclaration à la presse, le

commissaire Jed Coffin était passé par le commissariat pour donner une série de coups de téléphone. Il
regagna ensuite la maison des Eldredge et arriva juste à
temps pour entendre les paroles de Nancy. Son œil
exercé saisit immédiatement la fixité du regard de la
jeune femme, l'immobilité inquiétante de ses mains et
de son corps, l'aspect soumis de sa physionomie, la
voix douce. C'était l'annonce d'une nouvelle crise. Ils
pourraient s'estimer heureux si elle répondait à son
propre nom d'ici peu.

Son regard passa au-dessus de Nancy, rechercha
Bernie Mills, le policier qu'il avait laissé en service
commandé dans la maison. Bernie se tenait sur le seuil
de la cuisine, prêt à répondre au téléphone. Ses
cheveux blonds étaient impeccablement plaqués sur
son crâne. Ses yeux globuleux, adoucis par des cils
courts et blonds, bougèrent de droite à gauche. Comprenant le signe qu'il lui adressait, le commissaire
Coffin regarda à nouveau les trois personnes installées
autour de la table. Ray se leva, s'approcha de sa
femme, posa les mains sur ses épaules.

Vingt années disparurent d'un seul coup pour Jed
Coffin. Il se souvint du soir où il avait reçu un appel
téléphonique au commissariat central de Boston où il
n'était encore qu'un jeune flic. On le prévenait que les
parents de Delia venaient d'avoir un accident et qu'ils
avaient peu de chance de s'en sortir.

Il était rentré chez lui. Il avait trouvé Delia dans la
cuisine, en chemise de nuit et robe de chambre, en
train de siroter une tasse de chocolat instantané tout
en lisant le journal. Elle s'était retournée en souriant,
bien que surprise de le voir rentrer si tôt, et avant de
pouvoir prononcer un seul mot, il avait fait exactement ce que Ray Eldredge faisait en ce moment – il
avait pressé ses deux mains sur les épaules de Delia.

Bon Dieu, n'était-ce pas ce que vous débitait l'hô-
tesse de l'air avant le décollage ? « En cas d'atterrissage
forcé, restez droit, serrez les bras de votre siège, posez

fermement les pieds sur le sol. » En clair : encaissez le choc.

« Ray, puis-je vous parler en particulier? » demanda-t-il d'un ton rude.

Les mains de Ray ne quittèrent pas les épaules de Nancy, s'efforçant d'apaiser les tremblements qui la secouaient. « Avez-vous retrouvé mes enfants? » demanda-t-elle. Sa voix n'était qu'un murmure.

« Chérie, il nous le dirait s'il les avait retrouvés. Ne bouge pas. Je reviens. » Ray se pencha et posa un instant sa joue contre celle de sa femme. Sans paraître attendre une réaction de sa part, il se redressa et précéda le commissaire dans la grande pièce de séjour, de l'autre côté de l'entrée.

Jed Coffin ne put s'empêcher d'admirer le jeune homme de haute taille qui alla se placer près de la cheminée avant de se retourner pour lui faire face. Ray gardait un sang-froid remarquable, même en ces circonstances. Jed se souvint en passant qu'il avait été décoré pour ses qualités de chef pendant la guerre du Vietnam, et promu au grade de commandant.

Il avait de la classe, c'était indéniable. Une distinction naturelle émanait de sa façon de se tenir, de s'exprimer, de s'habiller, de bouger; des contours fermes de son menton et de sa bouche; de la main forte et bien dessinée posée légèrement sur le manteau de la cheminée.

Cherchant à gagner du temps pour recouvrer son sens de l'autorité et de la légitimité, Jed parcourut lentement la pièce des yeux. Les larges planches en chêne du sol luisaient doucement entre les tapis ovales exécutés au crochet; une vasque trônait entre les deux fenêtres à vitraux. Les murs d'un blanc ivoire étaient couverts de tableaux. Jed se rendit compte que les sujets qui y figuraient lui étaient familiers. La grande toile au-dessus de la cheminée représentait le jardin de rocaille de Nancy Eldredge. Le cimetière de campagne au-dessus du piano était la reproduction du vieux cimetière privé sur la route de Notre-Dame-du-Cape.

Le tableau dans un cadre en pin au-dessus du canapé évoquait parfaitement l'impression de retour au pays que donnait le port Sesuit lorsque tous les bateaux rentraient au couchant. Sur l'aquarelle du marais aux canneberges battu par les vents on distinguait la vieille demeure de Hunt – la maison du Guet – esquissée dans le fond.

Jed avait occasionnellement rencontré Nancy Eldredge en train de dessiner des croquis dans les alentours, sans jamais imaginer qu'elle pût avoir du talent. La plupart des femmes de sa connaissance qui s'amusaient à ce genre de distractions finissaient généralement par encadrer des croûtes dignes des étalages du bazar du coin.

Des rayonnages de bibliothèque encastrés encadraient la cheminée. Les tables en pin massif vieilli ressemblaient à s'y méprendre à celles que Delia et lui avaient données à la vente de charité de la paroisse après la mort de sa grand-mère. Tout comme les lampes en étain posées sur les tables basses près des confortables fauteuils capitonnés. Le dossier et le coussin du fauteuil à bascule près de la cheminée étaient brodés à la main.

Mal à son aise, Jed compara cette pièce avec son propre living-room récemment décoré. Delia avait choisi un vinyle noir pour le divan et les sièges; une table à plateau de verre et piètement en acier; une moquette jaune dont le poil pelucheux s'accrochait aux chaussures et conservait jalousement chaque goutte de bave ou de pipi déposée par le bébé teckel.

« Que désirez-vous, commissaire ? » La voix de Ray était froide et hostile. Le commissaire savait qu'il représentait l'ennemi aux yeux de Ray. Le jeune homme ne s'était pas leurré en l'entendant prononcer l'avertissement de routine concernant les droits de Nancy. Ray ne se faisait aucune illusion sur ses intentions et il n'allait pas se laisser faire. Eh bien, s'il voulait la guerre...

Avec l'habileté née de l'expérience acquise au cours d'innombrables séances du même type, Jed Coffin rechercha la faille. « Qui est l'avocat de votre femme, Ray ? » demanda-t-il d'un ton sec.

Une lueur d'incertitude, un raidissement du corps lui donnèrent la réponse. Exactement comme Jed l'avait calculé, Ray n'avait pas franchi le pas décisif. Il cherchait encore à donner de sa femme l'image de la mère éplorée d'enfants disparus. Bon Dieu, il voudrait probablement la faire paraître à la télévision ce soir, à l'heure du journal, tordant un mouchoir entre ses mains, les yeux gonflés, suppliant : « Rendez-moi mes enfants ! »

Dans ce cas, Jed avait une information pour Ray. Ce n'était pas la première fois que sa précieuse épouse jouait cette petite scène. Jed obtiendrait facilement la copie du film pris il y a sept ans et que la presse avait intitulé : « Un plaidoyer émouvant. » A dire vrai, l'assistant du procureur de San Francisco avait proposé de la lui faire parvenir au cours de leur conversation téléphonique, à peine un quart d'heure auparavant. « Cela éviterait à cette garce de se donner le mal de recommencer son numéro », avait-il dit.

Ray parlait calmement, avec une intonation beaucoup plus contenue. « Nous n'avons pas contacté d'avocat, disait-il. J'espérais que peut-être... étant donné toutes ces recherches...

— La plupart des recherches vont rapidement s'interrompre, déclara Jed sans ménagement. Avec ce temps de cochon, on n'y verra plus à trois mètres bientôt. Mais je vais être forcé d'emmener votre femme au commissariat pour l'interroger. Et si vous n'avez pas encore pris d'avocat, je demanderai au tribunal de lui en commettre un d'office.

— Vous ne pouvez pas faire ça ! » s'insurgea violemment Ray. Puis il fit un effort visible pour se calmer. « Je veux dire que vous démoliriez Nancy en la replongeant dans le décor d'un poste de police. Elle a fait des cauchemars pendant des années, toujours le même rêve : on l'interrogeait dans un commissariat avant de la conduire le long d'un interminable couloir jusqu'à la morgue pour lui faire identifier ses enfants. Ecoutez, mon vieux, elle est sous le choc en ce moment. Cherchez-vous à l'empêcher de nous dire ce qu'elle a peut-être vu?

– Ray, mon boulot est de ramener vos enfants.

– Je sais, mais vous voyez bien l'effet que la lecture de cet article de malheur a produit sur elle. Et le salaud qui a écrit ça, qu'en faites-vous? Quelqu'un d'assez ignoble pour aller déterrer cette histoire et la faire publier peut tout aussi bien être capable de s'emparer des enfants.

– Nous nous en occupons, naturellement. Ce genre de rubrique est toujours signée d'un pseudonyme, mais les articles sont envoyés de l'extérieur et payés vingt-cinq dollars s'ils sont acceptés.

– Eh bien, qui est l'auteur, alors?

– C'est ce que nous cherchons à savoir, répliqua Jed d'un ton irrité. La lettre d'accompagnement précisait que l'article était proposé à la condition expresse de ne pas y changer un seul mot en cas d'acceptation, d'utiliser toutes les photos jointes et de le publier le 17 novembre – c'est-à-dire aujourd'hui. Le rédacteur en chef m'a dit que l'histoire lui avait semblé à la fois captivante et bien écrite. Tellement bonne, en fait, qu'il a trouvé stupide de la part de son auteur de la proposer pour vingt-cinq malheureux dollars. Mais, bien entendu, il a fait comme si de rien n'était. Il a dicté la lettre d'acceptation et y a ajouté le chèque. »

Jed prit son carnet dans sa poche revolver et l'ouvrit. « La lettre d'acceptation était datée du 28 octobre. Le 29, la secrétaire du rédacteur en chef se souvient d'avoir reçu un appel téléphonique d'une personne demandant si une décision avait été prise au sujet de l'article Harmon. La ligne était brouillée et la voix tellement étouffée qu'elle a eu du mal à entendre son interlocuteur – ou son interlocutrice. Mais elle lui a répondu qu'un chèque venait d'être expédié sous enveloppe poste restante à Hyannis Port. Le chèque était libellé au nom de J. R. Penrose. Il fut retiré le lendemain.

– Par un homme ou par une femme? demanda vivement Ray.

– Nous l'ignorons. Comme vous le savez, il y a une foule de touristes à Hyannis Port, même à cette époque de l'année. N'importe qui peut retirer du courrier poste restante. Il suffit de le réclamer. Aucun employé ne semble se souvenir de cette lettre et, jusqu'à présent, le chèque de vingt-cinq dollars n'a pas été tiré. Dès qu'il le sera, nous reprendrons la piste de ce ou cette J. R. Penrose. Franchement, je ne serais pas tellement étonné si l'auteur de l'article se trouvait être l'une de nos vieilles commères en ville. Elles s'y entendent à merveille pour fouiner dans les ragots. »

Ray fixa la cheminée. « Il fait froid ici, dit-il. Un feu nous ferait du bien. » Son regard tomba sur les médaillons de Michael et de Missy posés sur le dessus de la cheminée; Nancy les avait peints lorsque les enfants étaient bébés. Il avala la boule qui lui serrait soudainement la gorge.

« Je ne crois pas qu'il soit nécessaire d'allumer un feu maintenant, Ray, dit calmement Jed. Je vous ai demandé d'entrer ici parce que je désire que vous persuadiez Nancy de s'habiller et de nous accompagner au commissariat.

– Non... non... par pitié... » Le commissaire Coffin et Ray pivotèrent en même temps vers la porte cintrée qui communiquait avec la pièce. Debout dans l'embrasure, Nancy se retenait d'une main au chambranle en chêne travaillé. Ses cheveux étaient secs à présent et elle les avait ramassés en un chignon lâche sur sa nuque. La tension de ces dernières heures lui donnait un teint blafard qu'accentuait sa chevelure sombre. Son regard se figeait en une expression presque absente.

Dorothy la suivait. « Elle a voulu venir », dit-elle d'un ton d'excuse.

Elle surprit le coup d'œil réprobateur de Ray lorsqu'il se précipita au-devant d'elles. « Ray, je suis désolée, mais je n'ai pas pu l'en empêcher. »

Ray attira Nancy à lui. « Ça va, Dorothy », dit-il d'un ton bref. Sa voix changea, se fit tendre. « Chérie, calme-toi. Personne ne te veut du mal. »

Dorothy eut l'impression qu'il la congédiait. Il avait compté sur elle pour retenir Nancy pendant son entretien avec le commissaire et elle n'en avait même pas été capable. Elle ne servait à rien... à rien. « Ray, dit-elle avec raideur, cela paraît absurde de vous ennuyer avec ça en ce moment, mais on vient de téléphoner de l'agence pour me rappeler que M. Kragopoulos, l'homme qui vous a écrit au sujet de la propriété de Hunt, aimerait la visiter à deux heures de l'après-midi. Dois-je envoyer quelqu'un d'autre pour le conduire là-bas ? »

Ray leva les yeux par-dessus la tête de Nancy sans desserrer son étreinte. « Je m'en fiche pas mal », s'exclama-t-il sèchement. Puis il ajouta très vite : « Pardon, Dorothy. Je vous serais très reconnaissant de la lui faire visiter vous-même ; vous connaissez bien la maison du Guet et vous saurez la vendre si vous sentez qu'elle suscite un véritable intérêt. Le pauvre vieux M. Hunt a besoin d'argent.

– Je n'ai pas prévenu M. Parrish que nous amènerions peut-être des visiteurs aujourd'hui.

– Son bail stipule clairement que nous avons le droit de faire visiter la maison quand nous le désirons à partir du moment où il est prévenu une demi-heure à l'avance. C'est pour cette raison qu'il bénéficie d'un loyer aussi peu élevé. Téléphonez-lui du bureau pour lui annoncer votre venue.

– Très bien. » Hésitante, Dorothy ne se décidait pas à partir. « Ray... »

Il la regarda, comprenant son désir informulé, mais il ne la retint pas. « Vous ne pouvez rien faire de plus à présent, Dorothy. Revenez lorsque vous en aurez terminé avec la maison du Guet. »

Elle hocha la tête et s'apprêta à s'en aller. Elle n'avait pas envie de les quitter. Elle voulait rester auprès d'eux, partager leur anxiété. Dès le premier jour où elle avait pénétré dans son bureau, Ray était devenu son port d'attache. Après avoir passé près de vingt-cinq ans à organiser chacune de ses activités, en fonction de l'emploi du temps de Kenneth, elle s'était soudain sentie sans racines et, pour la première fois de sa vie, elle avait pris peur. Mais travailler avec Ray, l'aider à monter son affaire, utiliser ses compétences de décoratrice pour inciter les gens à acheter des maisons et consacrer ensuite l'argent nécessaire à leur rénovation, tout cela avait comblé une grande partie du vide de son existence. Ray était un être d'une grande honnêteté, plein de délicatesse. Il lui avait accordé une participation généreuse aux bénéfices. Elle ne l'aurait pas apprécié davantage s'il avait été son propre fils. Lorsque Nancy était arrivée, Dorothy s'était félicitée de la confiance que lui avait témoignée la jeune femme. Mais il y avait une retenue chez cette dernière qui ne permettait aucune intimité réelle et aujourd'hui Dorothy avait l'impression de n'être qu'une spectatrice inutile. Elle les quitta sans dire mot, prit son manteau et son écharpe et se dirigea vers la porte de derrière.

Elle se raidit contre le vent et la neige fondue en sortant. Sa voiture était garée à mi-chemin de l'allée en demi-cercle derrière la maison. Dorothy se réjouit de ne pas avoir à franchir l'allée principale. Le camion de l'une des chaînes de télévision était stationné en face de la propriété.

En se hâtant vers sa voiture, elle aperçut la balançoire suspendue à l'arbre à la lisière du jardin. C'était l'endroit où les enfants avaient joué, où Nancy avait trouvé la moufle. Combien de fois Dorothy elle-même les avait-elle poussés sur cette balançoire? Michael et Missy... A l'idée atroce qu'il puisse leur être arrivé quelque chose – qu'ils puissent être morts – elle sentit

une émotion poignante l'étouffer. *Oh! pitié, pas ça...*
Dieu tout-puissant et miséricordieux, je vous en sup-
plie, pas ça. Un jour, elle s'était amusée à dire qu'elle
leur tenait lieu de grand-mère; une expression tellement douloureuse s'était alors peinte sur le visage de
Nancy qu'elle aurait voulu s'être mordu la langue.
C'était bien présomptueux de sa part d'avoir dit une
chose pareille.

Perdue dans ses pensées, insensible aux flocons
mouillés qui lui piquaient le visage, elle contempla la
balançoire. Chaque fois que Nancy passait à l'agence,
les enfants se dirigeaient tout droit vers le bureau de
Dorothy. Elle s'efforçait toujours d'avoir une surprise
pour eux. Hier encore, lorsque Nancy s'était arrêtée
avec Missy, Dorothy avait des langues-de-chat qu'elle
avait spécialement fait cuire au four la veille. Nancy
s'apprêtait à aller chercher du tissu pour confectionner
des rideaux et Dorothy lui avait proposé de s'occuper
de Missy et de passer prendre Michael à l'école maternelle.

« Choisir des étoffes sans pouvoir se concentrer
n'est pas facile, avait-elle dit. J'ai des titres de propriété à demander à la mairie. Je serai ravie d'avoir de
la compagnie et nous prendrons une glace sur le
chemin du retour si vous n'y voyez pas d'inconvénient. » Il y avait à peine vingt-quatre heures...

« Dorothy! »

Interdite, elle leva les yeux. Jonathan devait avoir
coupé à travers bois depuis sa maison. Il avait les traits
particulièrement creusés. Elle savait qu'il approchait
de la soixantaine, et il paraissait son âge aujourd'hui.
« Je viens d'apprendre ce qui est arrivé aux enfants
Eldredge, dit-il. Je dois parler à Ray. Je peux peut-être
les aider.

– C'est gentil de votre part », dit Dorothy d'un ton
mal assuré. L'inquiétude dans la voix de Jonathan
était étrangement réconfortante. « Ils sont à l'intérieur.

– Aucune nouvelle des enfants?

– Non.

– J'ai lu l'article dans le journal. »

Dorothy se rendit compte après coup qu'il ne montrait aucune bienveillance à son égard. Il y avait une sorte de froideur dans l'intonation de sa voix, un reproche, lui rappelant clairement qu'elle lui avait menti en racontant avoir connu Nancy en Virginie. Lasse, elle ouvrit la portière de sa voiture. « J'ai un rendez-vous », dit-elle brusquement. Sans lui donner le temps de répondre, elle s'installa au volant et mit le contact. Sa vue se brouilla; elle s'aperçut alors qu'elle avait les yeux noyés de larmes.

13

IL aimait le bruit saccadé des hélicoptères. Cela lui rappelait l'autre fois, lorsque tout le monde s'était déployé à des kilomètres à la ronde autour de l'Université à la recherche des enfants. Il regarda par la fenêtre qui donnait sur la baie. La glace se formait déjà sur l'eau grise près de la jetée. Tôt dans la matinée, la radio avait annoncé un avis de coup de vent et de chutes de neige fondue. Pour une fois, la météo ne s'était pas trompée. Le vent faisait bouillonner l'écume dans la baie. Il observa un vol de mouettes qui s'élançaient maladroitement, s'efforçant en vain de faire front contre les rafales.

Il consulta attentivement le thermomètre. Il faisait moins deux degrés – une baisse de huit degrés depuis ce matin. Les hélicoptères et les avions de reconnaissance ne tiendraient pas longtemps dans ces conditions. Il ne resterait plus beaucoup d'enquêteurs dehors non plus.

Ce serait marée haute à sept heures du soir. A ce moment-là, il conduirait les enfants au grenier et les ferait monter sur le petit balcon que les gens d'ici appelaient la passerelle de la veuve. A marée haute, l'eau recouvrait la plage juste en dessous, se fracassant contre le mur de soutènement avant de déferler vers la mer, aspirée par un contre-courant violent. Ce serait le moment propice pour précipiter les enfants... par-dessus bord... tout au fond... Ils ne seraient pas rejetés sur le rivage avant des semaines... Mais à supposer qu'on les retrouvât dans quelques jours, il n'avait rien laissé au hasard. Il ne leur avait donné que du lait et des gâteaux secs. Il n'était pas assez stupide pour laisser croire qu'une personne autre que Nancy leur avait fait prendre un vrai repas après le petit déjeuner. De toute façon, l'autopsie ne révélerait heureusement plus rien lorsqu'on les retrouverait.

Il eut un petit rire. En attendant, il lui restait cinq heures : cinq heures pour regarder les projecteurs que l'on plaçait en ce moment à proximité de la maison de Nancy et du lac; cinq heures à passer auprès des enfants. A la réflexion, même le petit garçon était un bel enfant... avec une peau si douce, et ce corps aux formes parfaites.

Mais c'était surtout la petite fille. Elle ressemblait tellement à Nancy... ces beaux cheveux soyeux, ces petites oreilles bien dessinées... Il se détourna brusquement de la fenêtre. Allongés sur le divan, les deux enfants dormaient sous l'effet du calmant qu'il avait ajouté à leur lait. Le garçon entourait sa petite sœur d'un bras protecteur. Mais il ne fit pas un mouvement lorsque Parrish souleva la fillette. Il allait juste la transporter à côté, la mettre sur le lit et la dévêtir. Elle ne broncha pas lorsqu'il la porta avec précaution dans la chambre et la coucha sur le lit. Il entra dans la salle de bain, ouvrit les robinets de la baignoire, contrôlant la température de l'eau jusqu'à ce qu'elle eût le degré de chaleur désiré. La baignoire pleine, il vérifia à nouveau la température du bain avec son coude. Un petit peu trop élevée, mais ça irait. Elle allait vite diminuer.

Il retint sa respiration. Il perdait du temps. D'un geste prompt, il ouvrit l'armoire à pharmacie et en sortit la boîte de talc qu'il avait glissée dans sa poche au supermarché Wiggins ce matin. Sur le point de refermer la porte, il aperçut le petit canard en caoutchouc dissimulé derrière la crème à raser. Il ne s'en était plus souvenu... C'est vrai, il l'avait utilisé la dernière fois... C'était juste ce qu'il fallait. Avec un rire étouffé, il saisit le canard, le passa sous l'eau froide, sentant le manque d'élasticité du caoutchouc craquelé sous ses doigts; puis il le jeta dans la baignoire. Il était parfois bon de distraire les enfants.

S'emparant de la boîte de talc, il revint précipitamment dans la chambre. Prestement, il déboutonna la veste de Missy et la lui retira. Il fit glisser sans difficulté le pull-over à col roulé par-dessus sa tête, ôtant du même coup sa chemise de corps. Il poussa un soupir – une sorte de grognement sourd et prolongé – et souleva l'enfant, étreignant le petit corps passif contre lui. Trois ans. L'âge exquis. Elle remua et ouvrit les yeux. « Maman, maman... » un faible cri languissant – si cher à ses oreilles, si précieux.

La sonnerie du téléphone retentit.

Il resserra avec colère son étreinte autour de l'enfant, et elle se mit à pleurnicher, un gémissement plaintif, ensommeillé.

Il allait laisser le téléphone sonner. Il ne recevait jamais, absolument jamais d'appels téléphoniques. Pourquoi juste maintenant? Ses yeux s'étrécirent. On l'appelait peut-être de la ville pour lui demander de se joindre aux recherches. Mieux valait répondre. Il pourrait éveiller les soupçons en ne le faisant pas. Il abandonna Missy sur le lit et referma soigneusement la porte derrière lui avant d'aller soulever le récepteur dans le salon. « Oui. » Il donna à sa voix un ton froid et guindé.

« Monsieur Parrish, j'espère que je ne vous dérange pas. Ici Dorothy Prentiss de l'agence Eldredge. Je suis désolée de vous prévenir si tard, mais j'ai l'intention d'amener un visiteur pour la maison d'ici une vingtaine de minutes. Serez-vous là ou dois-je utiliser mes clefs pour faire visiter votre appartement? »

14

LENDON MILES quitta la nationale 6 A sur sa droite pour s'engager dans Paddock Path. Depuis son départ de Boston, il n'avait cessé d'écouter les nouvelles à la radio. Elles étaient en grande partie consacrées à Nancy Eldredge et à la disparition des deux enfants Eldredge.

Selon les communiqués, on avait divisé le lac Maushop en plusieurs secteurs, mais il ne faudrait pas moins de trois jours aux plongeurs pour l'explorer entièrement. Il y avait plein de hauts-fonds. D'après le commissaire de police Jed Coffin d'Adams Port, il était possible à certains endroits de s'avancer jusqu'au milieu du lac avec de l'eau seulement jusqu'à la taille; mais un peu plus loin, l'eau pouvait atteindre douze mètres de profondeur à un mètre cinquante du rivage. Les hauts-fonds retenaient les objets et rendaient les recherches hasardeuses et peu concluantes.

Les communiqués annoncèrent qu'on avait envoyé des hélicoptères, des petits hydravions et des équipes d'enquêteurs sur place, mais les avis de coups de vent dans la région du Cape se vérifiaient et les recherches aériennes allaient devoir être interrompues.

En apprenant que Nancy Eldredge était attendue au commissariat central pour un interrogatoire, Lendon accéléra inconsciemment. Il lui tardait terriblement de rejoindre Nancy. Mais il ne fut pas long à devoir ralentir. La neige fondue se transformait si vite en glace sur le pare-brise que le dégivreur arrivait difficilement à la faire fondre.

Lorsqu'il tourna enfin dans Paddock Path, il n'eut aucun mal à trouver la maison des Eldredge. On ne pouvait manquer de remarquer une activité inhabituelle dans la rue. Un peu plus loin sur la chaussée, un camion de la télévision était garé en face d'une maison devant laquelle stationnaient deux voitures de police. Des voitures privées étaient arrêtées près du camion. Beaucoup portaient des macarons de presse.

L'une des voitures de police bloquait l'entrée de l'allée en demi-cercle par laquelle on accédait à la maison. Lendon s'arrêta et attendit qu'un policier vînt au-devant de lui. Lorsque l'un d'eux s'approcha, ce fut pour lui demander d'un ton brusque : « La raison de votre visite, s'il vous plaît ? »

Lendon s'y attendait. Il tendit sa carte avec un mot griffonné au dos. « Voulez-vous porter ceci à Mme Eldredge, je vous prie ? »

L'homme parut hésiter. « Si vous voulez attendre ici, docteur... je vais voir. » Il revint peu après, sensiblement plus aimable. « Je vais dégager la voiture de police. Veuillez vous garer dans l'allée et entrer dans la maison, monsieur. »

De l'autre côté de la rue, les journalistes avaient assisté à la scène et ils se précipitèrent vers Lendon. L'un d'eux lui flanqua un micro sous le nez lorsqu'il sortit de sa voiture.

« Docteur Miles, pouvons-nous vous poser quelques questions ? » Sans attendre de réponse, il poursuivit rapidement : « Docteur, vous êtes un psychiatre éminent de l'école de médecine de Harvard. Est-ce la famille Eldredge qui vous a fait demander ?

— Personne ne m'a prié de venir, répondit sèchement Lendon. Je suis – j'étais – un ami de la mère de Mme Eldredge. Je ne suis ici qu'à cause de mes relations avec la famille. C'est tout. »

Il voulut passer, mais le reporter l'arrêta. « Vous dites que vous étiez un ami personnel de la mère de

Mme Eldredge. Pouvez-vous nous dire une chose : Nancy Harmon Eldredge a-t-elle été l'une de vos patientes?

– Jamais de la vie! » Lendon se fraya un chemin jusqu'à la véranda en bousculant littéralement les journalistes. Un autre policier tenait la porte d'entrée ouverte. « Par ici », dit-il en désignant la pièce à droite.

Nancy Eldredge se tenait debout devant la cheminée près d'un homme jeune et de haute taille, visiblement son mari. Lendon l'aurait reconnue n'importe où. Le nez finement ciselé, les grands yeux bleu foncé qui vous fixaient sous les épais sourcils, la pointe de cheveux sur le front, le profil si semblable à celui de Priscilla...

Ignorant le regard manifestement hostile de l'officier de police et l'air scrutateur de l'homme au visage raviné près de la fenêtre, il se dirigea tout droit vers Nancy. « J'aurais dû venir plus tôt », dit-il.

Il remarqua une certaine fixité dans le regard de la jeune femme, mais elle comprit ce qu'il voulait dire. « J'espérais que vous seriez venu la dernière fois, lui dit-elle. Quand ma mère est morte. J'étais tellement sûre que vous viendriez. Et vous ne l'avez pas fait. »

Lendon mesura immédiatement les symptômes les plus visibles de l'état de choc : les pupilles élargies, la rigidité du corps, le timbre sourd, monotone, de la voix. Il se tourna vers Ray. « J'aimerais vous aider, s'il existe un moyen », dit-il.

Ray l'examina attentivement et fut d'instinct séduit par son apparence. « En tant que médecin, essayez de persuader le commissaire ici présent qu'il serait désastreux d'emmener Nancy au commissariat », dit-il sans ambages.

Nancy regarda Lendon dans les yeux. Elle se sentait si indifférente, comme si elle glissait de plus en plus loin à chaque minute. Mais il y avait quelque chose de particulier chez le docteur Miles. Sa mère l'avait beaucoup aimé; elle avait paru vraiment heureuse dans ses lettres, y mentionnant de plus en plus souvent le nom de Lendon.

Lorsque sa mère était venue la voir à l'Université, Nancy l'avait interrogée sur le docteur, lui demandant s'il comptait beaucoup pour elle. Mais en présence de Carl, Priscilla avait semblé ne pas vouloir parler. Elle s'était contentée de sourire en disant : « Oui, beaucoup, mais je te donnerai des détails plus tard. »

Nancy s'en souvenait parfaitement. Elle avait eu envie de rencontrer le docteur Miles. Elle s'était imaginée qu'il lui téléphonerait en apprenant l'accident de Priscilla. Parler à quelqu'un qui aimait aussi sa mère lui aurait fait du bien.

« Vous aimiez ma mère, n'est-ce pas? » C'était sa voix qui prononçait ces mots. Elle avait posé la question sans même s'en rendre compte.

« Oui, beaucoup. J'ignorais ce qu'elle vous avait dit à mon sujet. J'ai craint que vous ne m'en vouliez. J'aurais dû essayer de vous aider.

– Aidez-moi, maintenant! »

Il lui prit les mains, des mains terriblement froides. « Je vais essayer, Nancy, je vous le promets. » Elle chancela et son mari l'entoura de ses bras.

Ray Eldredge plut à Lendon. Le jeune homme avait le visage blême d'anxiété, mais il faisait preuve de beaucoup de cran. Il se montrait plein de sollicitude envers sa femme et savait manifestement contenir ses propres émotions. Lendon remarqua la petite photo encadrée sur la table près du canapé. C'était un instantané de Ray pris dans le jardin; il tenait un petit garçon et une petite fille contre lui... les enfants disparus. Bien sûr. Quelle belle famille! Il était étrange qu'il n'y eût aucune photo de Nancy dans cette pièce. Lendon se demanda si elle s'était jamais laissé photographier.

« Nancy, viens, ma chérie. Tu as besoin de te reposer. » Ray l'aida tendrement à s'étendre sur le canapé et lui souleva les pieds. « Voilà, ça ira mieux. » Elle se renversa contre les coussins sans protester. Lendon la vit fixer son regard sur la photo de Ray et des enfants et fermer les yeux sous l'effet de la douleur. Un frisson la parcourut tout entière.

« Je crois qu'il vaudrait mieux ranimer le feu »,dit-il à Ray. Il choisit une bûche de taille moyenne dans le panier à bois et la jeta sur les cendres encore rougeoyantes. Une gerbe de flammes jaillit.

Ray enveloppa Nancy dans une courtepointe. « Tu as l'air gelée, chérie », dit-il. Il lui tint un instant le visage entre ses mains. Des larmes ruisselèrent des yeux fermés de la jeune femme et lui mouillèrent les doigts.

« Ray, m'autorisez-vous à représenter Nancy en tant qu'avocat-conseil? » La voix de Jonathan avait imperceptiblement changé. On y décelait une sorte de fermeté autoritaire. Il soutint calmement les regards étonnés de l'assistance. « Je vous assure que je suis parfaitement qualifié, ajouta-t-il sèchement.

– Avocat-conseil », chuchota Nancy. Elle revoyait soudain le visage altéré, terrifié, de son avocat la fois dernière. Domes, il se nommait Domes, Joseph Domes. Il n'avait pas cessé de lui dire : « Mais il faut me dire la vérité. Vous devez me faire confiance pour que je puisse vous aider. » Même lui ne l'avait pas crue.

Mais Jonathan était différent. Elle aimait sa corpulence et la façon affable dont il s'adressait toujours à elle, et il était si gentil avec les enfants lorsqu'il s'arrêtait pour bavarder... au supermarché Lowery... c'était ça. Il y a deux semaines, il les avait aidés à remettre en place les boîtes de conserve que Mike avait fait tomber. Il éprouvait de la sympathie pour elle. Elle en était sûre. Elle ouvrit les yeux. « Je t'en prie », fit-elle en regardant Ray.

Ray hocha la tête. « Nous vous en serions très reconnaissants, Jonathan. »

Jonathan se tourna vers Lendon. « Docteur, puis-je vous demander s'il vous paraît recommandé, en tant que médecin, de laisser conduire Mme Eldredge au commissariat pour y être interrogée?

– C'est tout à fait contre-indiqué, s'empressa de répondre Lendon. Je conseillerais fortement que tous les interrogatoires se déroulent ici.

– Mais je ne me souviens de rien. » Nancy parlait d'une voix lasse, comme si elle avait trop souvent répété les mêmes mots. « Vous dites que je sais peut-être où se trouvent mes enfants. Mais je ne me souviens de rien entre le moment où j'ai regardé ce journal dans la cuisine et celui où j'ai entendu Ray m'appeler. » Elle leva vers Lendon un regard à la fois trouble et fixe. « Pouvez-vous m'aider à me souvenir? N'existe-t-il pas un moyen?

– Que voulez-vous dire? demanda Lendon.

– Je veux dire, ne pourriez-vous pas me donner quelque chose, un médicament qui me permette... si je sais... si j'ai vu... ou fait... Même si j'ai commis un acte... je dois savoir... On ne peut pas cacher ce genre de chose... S'il existe un côté mauvais en moi, capable de faire du mal à mes enfants... nous devons le savoir aussi. Et si ce n'est pas ça, mais que d'une façon ou d'une autre je sais où ils pourraient se trouver, nous perdons du temps en ce moment.

– Nancy, je ne permettrai pas. » Ray se tut à la vue de l'angoisse peinte sur le visage de sa femme.

« Est-il possible d'aider Nancy à se rappeler ce qui est arrivé ce matin, docteur? demanda Jonathan...

– Peut-être. Elle souffre probablement d'une forme d'amnésie assez courante après une épreuve aussi dramatique que celle-ci. En termes médicaux, il s'agit d'une amnésie hystérique. Une injection de Penthotal lui permettrait de se détendre et de nous dire ce qui s'est passé... la vérité telle qu'elle la connaît.

– Des réponses données sous sédatif ne sont pas admises par le tribunal, se récria Jed. Je ne peux pas vous laisser questionner Mme Eldredge de cette façon.

– J'avais une bonne mémoire autrefois, murmura

Nancy. Un soir au collège, nous avons fait un test pour voir celle qui se rappelait tous ses actes jour après jour. Il fallait revenir en arrière jusqu'au moment où l'on ne pouvait plus se souvenir de rien. J'ai gagné de si loin que tout le monde en a ri dans le dortoir. Les choses me semblaient si claires... »

La sonnerie du téléphone retentit, faisant l'effet d'un coup de revolver dans la pièce. Nancy eut un mouvement de recul et Ray posa ses mains sur les siennes. Ils attendirent tous en silence que le policier chargé de répondre entrât. « Un appel interurbain pour vous, commissaire, dit-il.

— Je parie que c'est la communication que j'ai essayé d'obtenir, dit Jed à Nancy et à Ray. Monsieur Knowles, j'aimerais que vous m'accompagniez. Vous aussi, Ray.

— Je reviens tout de suite, chérie », murmura Ray à Nancy. Puis il regarda Lendon droit dans les yeux. Rassuré par ce qu'il y lut, il suivit les autres hors de la pièce.

Lendon vit l'angoisse assombrir à nouveau le visage de Nancy. « A chaque sonnerie, je crois qu'on a retrouvé les enfants et qu'ils sont sains et saufs, murmura-t-elle. Et puis je me dis que ce sera comme la dernière fois... lorsqu'on a téléphoné...

— Ne vous agitez pas, dit Lendon. Nancy, c'est très important. Dites-moi quand vous avez éprouvé pour la première fois de la difficulté à vous souvenir d'événements précis?

— Quand Peter et Lisa sont morts... peut-être même avant... J'ai tellement de mal à me souvenir des années où j'étais mariée avec Carl.

— Peut-être parce que vous associez ces années aux enfants et qu'il vous est trop pénible de vous rappeler ce qui se rapporte à eux.

— Mais pendant ces cinq années... je me suis sentie si lasse... après la mort de maman... j'étais toujours si fatiguée. Pauvre Carl... il a été tellement patient. Il a tout fait pour moi. Il se levait la nuit pour les enfants –

même lorsqu'ils étaient bébés. Tout représentait un tel effort pour moi... Après la disparition des enfants, je ne pouvais pas me souvenir... comme aujourd'hui... je ne pouvais pas. » Sa voix avait monté d'un ton.

Ray revint dans la pièce. Il était arrivé quelque chose. Lendon le sut immédiatement à la vue des plis sévères autour de la bouche du jeune homme, du léger tremblement de ses mains. Il se surprit en train de prier. *Je vous en supplie, faites que ce ne soit pas de mauvaises nouvelles.*

« Docteur, pourriez-vous aller vous entretenir une minute avec Jonathan, s'il vous plaît? » Ray faisait un effort résolu pour garder un ton calme.

« Bien sûr. » Lendon se hâta vers la porte cintrée qui communiquait avec la pièce de séjour, persuadé que le coup de téléphone avait affreusement bouleversé Ray.

Lorsqu'il pénétra dans la salle à manger, le commissaire Coffin était encore au téléphone. Il hurlait des ordres à l'officier de garde au commissariat. « Grouillez-vous. Filez à ce bureau de poste, trouvez tous les employés qui étaient de service le 30 octobre et interrogez-les jusqu'à ce que l'un d'eux se souvienne de la personne qui est venue retirer cette lettre expédiée par le *Community News*, adressée à J. R. Penrose. J'ai besoin d'une description complète, et j'en ai besoin immédiatement. » Il raccrocha d'un geste brusque.

On décelait chez Jonathan également une tension nouvelle. Sans préambule, il déclara : « Docteur, il faut que Nancy retrouve la mémoire au plus vite. En deux mots, j'ai réuni un dossier extrêmement complet sur l'affaire Harmon, en vue d'un livre que je suis en train d'écrire. Je viens de passer trois heures à étudier ce dossier et à lire l'article paru dans le journal d'aujourd'hui. Un détail m'a frappé qui m'a semblé de la plus grande importance, et j'ai demandé au commissaire Coffin de téléphoner au procureur de San Francisco pour vérifier mon hypothèse. L'assistant du procureur vient juste de nous rappeler. »

Jonathan prit sa pipe dans sa poche, la coinça entre ses dents sans l'allumer et poursuivit : « Docteur, comme vous le savez peut-être, dans les cas de disparition suspecte d'enfants, la police dissimule parfois délibérément un élément d'information afin de se réserver la possibilité de filtrer les inévitables indications sans queue ni tête qui sont envoyées après la publication de la disparition. »

Il se mit à parler plus vite, comme s'il sentait que le temps était précieux. « J'ai remarqué que tous les articles parus dans la presse il y a sept ans décrivaient les enfants Harmon vêtus d'un chandail rouge orné d'un motif blanc le jour où ils ont disparu. Nulle part dans aucun journal, je n'ai trouvé la description exacte de ce motif. J'ai supposé, avec raison, que l'on avait délibérément dissimulé ce détail. »

Jonathan regarda Lendon droit dans les yeux, désirant lui faire comprendre l'importance de ce qu'il s'apprêtait à dire. « L'article qui a paru dans le *Cape Cod Community News* relate clairement qu'à leur disparition les enfants Harmon portaient des chandails rouges ornés d'un motif inhabituel de bateau à voiles, et qu'ils les portaient encore le jour où l'on avait retrouvé leurs corps sur le rivage des semaines plus tard. Bien entendu, Nancy savait que ce motif représentait un bateau puisque c'est elle qui avait tricoté ces chandails. Mais une autre personne en dehors des inspecteurs principaux chargés de l'enquête à San Francisco était au courant de ce détail. » La voix de Jonathan monta d'un ton. « Si nous présumons que Nancy est innocente, cette personne est à la fois celle qui a kidnappé les enfants Harmon il y a sept ans, et celle qui a rédigé il y a un mois l'article paru dans le journal d'aujourd'hui!

— Vous voulez dire..., commença Lendon.

— Docteur, en tant qu'avocat et ami de Nancy, je veux dire que si vous pouvez l'aider à retrouver la

100

mémoire, faites-le, et au plus vite! J'ai convaincu Ray que l'on gagnerait à renoncer à l'immunité. Il est d'une importance primordiale de découvrir ce que Nancy peut savoir; sinon il sera trop tard pour sauver ses enfants.

– Puis-je téléphoner à une pharmacie pour me faire livrer ce dont j'ai besoin? demanda Lendon.

– Téléphonez, docteur. » Jed Coffin prit les choses en main. « J'enverrai une voiture de police chercher ce que vous désirez. Je vais composer le numéro de la pharmacie pour vous. »

Lendon donna posément ses instructions; lorsqu'il eut terminé, il alla chercher un verre d'eau à la cuisine. *Mon Dieu, quel gâchis*, pensa-t-il. *Quel affreux gâchis!* Le drame avait commencé avec l'accident de Priscilla... cause et effet... cause et effet. Si Priscilla n'était pas morte, elle aurait sans doute persuadé Nancy de ne pas se marier si jeune. Les enfants Harmon ne seraient jamais nés. Il détourna brusquement son esprit de ces vaines spéculations. La police avait visiblement relevé les empreintes digitales dans toute la cuisine. Il restait encore des traces de poudre sur le plan de travail, autour de l'évier et sur la cuisinière. On n'avait pas essuyé la tache à l'endroit où le café s'était répandu.

Il regagna la salle à manger pour entendre le commissaire dire : « Ecoutez, Jonathan, j'outrepasse peut-être les limites de mon autorité, mais je tiens à ce que l'on installe un magnétophone dans la pièce lorsque Nancy sera interrogée. Si elle avoue quelque chose sous l'effet du sédatif, nous ne pourrons peut-être pas l'utiliser, mais je saurai quoi lui demander en l'interrogeant selon les règles par la suite.

– Elle ne va rien avouer du tout, répliqua impatiemment Jonathan. Mais une chose m'inquiète : si nous partons de l'idée qu'elle est innocente – non seulement de la disparition de Michael et de Missy, mais également ment du meurtre des enfants Harmon – ceci entraîne une autre hypothèse : si le meurtrier des enfants Harmon est l'auteur de l'article du *Community News* et qu'il s'est rendu au bureau de poste de Hyannis Port, alors il se trouve au Cape depuis un certain temps.

– Et d'après vous, il aurait enlevé les enfants Eldredge ce matin », termina le commissaire Coffin.

Jonathan ralluma sa pipe et tira une longue bouffée avant de répondre : « C'est ce que je crains », dit-il. Au ton de sa voix, volontairement dénué d'expression, Lendon comprit ce qu'il voulait dire. Si le meurtrier des enfants Harmon avait enlevé Michael et Missy, ces derniers étaient probablement morts.

« D'autre part, fit observer Jed, si nous écartons Nancy Eldredge en tant que suspecte, il est également possible que quelqu'un n'ayant rien à voir avec l'affaire Harmon ait entendu parler de ces meurtres, écrit cet article et ensuite kidnappé les enfants Eldredge. Une troisième possibilité serait que les deux cas n'aient aucun lien si ce n'est qu'en lisant cet article et en reconnaissant Nancy Eldredge, quelqu'un ait joué un rôle dans la disparition de Michael et de Missy ce matin. Peut-être une mère frustrée estimant que Nancy ne mérite pas ses enfants. J'ai vu des gens invoquer des arguments plus tordus que celui-là dans ma carrière.

– Jed, l'interrompit sèchement Jonathan, essayez de comprendre que peu importe qui d'autre est impliqué dans cette affaire; par contre une chose est certaine, c'est que Nancy en savait plus qu'elle ne l'a dit sur la disparition de ses enfants il y a sept ans. »

Lendon leva un sourcil. Jed fronça le front. Devant l'expression que reflétait le visage des deux hommes, Jonathan frappa impatiemment de la main sur la table. « Je ne dis pas que Nancy est coupable. Je dis qu'elle en savait plus qu'elle ne l'a dit; probablement plus qu'elle ne croyait en savoir elle-même. Regardez-la sur les photos à la barre des témoins. Son visage est complètement inexpressif. Lisez sa déposition. Pour l'amour du Ciel, mon vieux, lisez donc sa déposition au procès. Cette pauvre fille n'était absolument pas dans le coup. Son avocat a peut-être réussi à faire annuler la décision du jury sur un vice de procédure, mais ça n'empêche pas qu'il a laissé le procureur la démolir. Toute cette affaire est ignoble, et vous faites tout pour remettre ça.

— J'essaie de ne pas tenir compte de vos hypothèses... et ce ne sont que des hypothèses... et de faire mon boulot, qui est de retrouver ces gosses, morts ou vifs, et de découvrir qui les a enlevés. » Jed était à bout de patience. « Dans un premier temps, vous me racontez que Nancy est trop malade pour être interrogée et ensuite qu'elle en sait plus qu'elle ne l'a jamais avoué. Ecoutez, Jonathan, vous avez dit vous-même qu'écrire ce bouquin sur des verdicts contestables était un passe-temps pour vous. Mais ces vies ne sont pas des passe-temps pour moi, et je ne suis pas ici pour vous aider à jouer au chat et à la souris avec la loi.

— Un instant. » Lendon posa une main sur le bras du commissaire. « Monsieur Knowles... Jonathan... à votre avis, tout ce que sait Nancy sur la mort de sa première famille nous aiderait à retrouver les enfants Eldredge, n'est-ce pas?

— Sans doute. Mais le problème est de lui faire revenir à la mémoire ce qu'elle sait, et de ne pas l'enfoncer plus profondément dans son inconscient. Docteur Miles, vous êtes considéré comme un spécialiste dans l'utilisation du penthiobarbital en psychiatrie, je crois?

— En effet.

— Pensez-vous être capable d'obtenir que Nancy révèle non seulement ce qu'elle sait des événements de ce matin — et je soupçonne fort qu'elle ne sait pratiquement rien — mais aussi des informations sur le passé qu'elle ignore elle-même posséder?

— C'est possible.

— Alors, à moins qu'elle ne puisse nous donner une

indication tangible sur l'endroit où se trouvent Michael et Missy, je vous prie d'essayer. »

Lorsqu'on laissa à nouveau entrer Dorothy dans la maison une heure plus tard, la pièce de séjour et la cuisine étaient désertes; à l'exception de Bernie Mills, le policier chargé de répondre au téléphone, il n'y avait personne. « Ils sont tous là, dit-il en indiquant le petit salon d'un signe de la tête. Il se passe des choses plutôt bizarres. »

Dorothy traversa rapidement le hall, mais s'arrêta net à l'entrée de la pièce. Les paroles qu'elle s'apprêtait à prononcer moururent sur ses lèvres à la vue de la scène qui se déroulait sous ses yeux.

Nancy était allongée sur le canapé, emmitouflée dans une courtepointe, la tête soutenue par un oreiller. Un inconnu ressemblant à un médecin était assis auprès d'elle et lui parlait à voix basse. Nancy fermait les yeux. Ray et Jonathan se tenaient côte à côte sur la causeuse. Le premier avait l'air torturé par l'angoisse, le second offrait une mine sévère. Assis à une table derrière le canapé, Jed Coffin dirigeait un micro vers Nancy.

En comprenant ce qui se passait, Dorothy se laissa tomber dans un fauteuil sans prendre la peine d'ôter son manteau. Elle glissa ses doigts gourds au fond de ses poches, serrant inconsciemment un bout de laine humide et pelucheux dans sa poche droite.

« Comment vous sentez-vous, Nancy? Etes-vous bien? » Lendon avait un ton de voix apaisant.

« J'ai peur...

– Pourquoi...?

– Les enfants... les enfants.

– Nancy, parlons de ce matin. Avez-vous bien dormi la nuit dernière? Vous sentiez-vous en forme lorsque vous vous êtes réveillée? »

La voix de Nancy était songeuse. « J'ai rêvé. J'ai beaucoup rêvé...

– De quoi avez-vous rêvé?

– Peter et Lisa... ils seraient grands... ils sont morts il y a sept ans... » Elle se mit à sangloter. Puis, tandis que Jonathan retenait Ray d'une main ferme, elle s'écria : « Comment aurais-je pu les tuer? C'étaient mes enfants! Comment aurais-je pu les tuer...? »

15

AVANT de rencontrer John Kragopoulos à l'agence, Dorothy s'était efforcée de camoufler ses yeux rougis sous un nuage de poudre. Elle avait essayé de se convaincre que faire visiter la maison du Guet serait un exutoire, un moyen de se concentrer sur autre chose pendant un certain moment et de cesser de se torturer l'esprit à chercher désespérément des indices pouvant révéler où se trouvaient les enfants. Quels indices?

Habituellement, elle emmenait les acquéreurs éventuels faire un tour dans les environs avant de leur montrer une propriété, leur faisant admirer les plages, les lacs et le port de plaisance; les grandes demeures anciennes dispersées entre l'autoroute de Cranberry et la baie; la vue époustouflante sur la tour de Maushop; les monuments anciens de la ville.

Mais aujourd'hui, avec la neige fondue qui cognait contre le toit et les vitres de la voiture, le ciel noir de nuages, l'air froid qui vous glaçait jusqu'à la moelle, elle se dirigea directement vers la maison du Guet.

Elle avait un mal fou à se concentrer sur ce qu'elle faisait. Elle était trop bouleversée. Elle qui n'avait pas pleuré depuis des années devait se mordre les lèvres pour refouler ses larmes. Elle sentait un poids écrasant peser sur ses épaules, un poids de chagrin et de peur qu'elle se savait incapable de supporter seule.

Tout en conduisant la voiture le long de la route

dangereusement glissante, elle lançait de temps à autre un coup d'œil vers l'homme au teint basané assis à côté d'elle. John Kragopoulos avait environ quarante-cinq ans. Il était bâti en athlète mais il y avait une sorte de raffinement inné dans son maintien qui s'ajoutait à son léger accent.

Il raconta à Dorothy que sa femme et lui venaient de vendre leur restaurant à New York et qu'ils avaient décidé de tenter leur prochaine expérience dans une région où ils auraient envie de s'établir définitivement. Ils cherchaient un endroit où l'on pût compter à la fois sur une clientèle de retraités fortunés au cours de l'hiver et sur l'affluence d'une station estivale durant les mois d'été.

Passant mentalement en revue ces conditions, Dorothy dit : « Je ne vous recommanderais jamais d'investir dans un restaurant situé de l'autre côté du Cape; c'est devenu un ramassis de motels et de pizzerias – un environnement proprement détestable – mais ce côté-ci reste charmant. La maison du Guet serait l'idéal pour ouvrir un restaurant ou un hôtel. Dans les années 30, elle a été considérablement rénovée et transformée en club de sport. Mais les gens n'étaient pas suffisamment riches pour devenir membres de clubs à cette époque-là, et cela n'a pas marché. M. Hunt a fini par racheter la maison et le terrain – quatre hectares en tout, y compris trois cents mètres en bord de mer et une des plus belles vues du Cape.

– La maison du Guet était une maison de pêcheur à l'origine, n'est-ce pas ? »

Dorothy se rendit compte que John Kragopoulos avait préparé sa visite – preuve d'un intérêt manifeste. « En effet, approuva-t-elle. C'est un capitaine de baleinier qui l'a fait construire pour sa femme dans les années 1690. Au cours de la dernière rénovation, il y a quarante ans, on a surélevé la maison de deux étages, mais le toit original a été conservé ainsi que l'un de ces charmants petits balcons près du faîte de la cheminée que l'on appelle " passerelles de la veuve " en souve-

107

nir des femmes de marins qui y guettaient en vain le retour de leurs maris partis en mer.

« – La mer peut être traîtresse, reconnut son passager. A propos, y a-t-il un embarcadère compris dans la propriété? Si je décide de m'installer ici, j'ai l'intention d'acheter un bateau.

– Il en existe un excellent, assura Dorothy. Oh! mon Dieu! » s'exclama-t-elle en sentant la voiture faire une embardée au moment où elle s'engageait dans la route étroite et sinueuse qui menait à la maison du Guet. Elle parvint à redresser les roues et jeta un regard inquiet vers son voisin. Mais il était resté impassible et fit gentiment remarquer qu'il trouvait bien courageux pour une femme de se risquer à conduire sur des routes aussi verglacées.

Comme le scalpel d'un chirurgien, les mots pénétrèrent au plus profond de la détresse de Dorothy. Il faisait un temps abominable. Ce serait un miracle si la voiture ne quittait pas la route. Tout l'intérêt qu'elle s'était efforcée de prendre à faire visiter la maison se dissipa. Si les conditions étaient au moins convenables, les plages, les rues et les bois grouilleraient d'hommes et de jeunes gens à la recherche de Michael et de Missy; mais par ce temps, seuls les plus courageux se risqueraient à sortir – surtout depuis que nombre d'entre eux sentaient qu'il s'agissait d'une recherche sans espoir.

« J'aime bien conduire, dit-elle d'une voix sourde. Je suis seulement navrée que M. Eldredge ne soit pas avec nous. Mais je suis certaine que vous comprenez.

– Je comprends fort bien, dit John Kragopoulos. Rien n'est plus atroce pour des parents que la disparition de leurs jeunes enfants. Je regrette de vous prendre votre temps aujourd'hui. En tant qu'amie et collaboratrice des Eldredge, vous devez être bouleversée. »

Résolument, Dorothy préféra ne pas répondre à la sympathie qu'elle décelait dans la voix et l'attitude de son compagnon. « Laissez-moi vous décrire un peu plus la maison, dit-elle. Toutes les fenêtres de la façade donnent sur la baie. La porte d'entrée possède une imposte d'une rare élégance, particularité commune aux plus belles maisons de cette époque. Les grandes pièces du rez-de-chaussée ont de superbes cheminées d'angle. Par un jour comme aujourd'hui, bien des gens seraient heureux de se rendre dans un restaurant où ils pourraient apprécier un bon repas au coin du feu tout en contemplant les éléments déchaînés. Nous y voici. »

Au dernier virage, la maison du Guet leur apparut. Surgissant dans la grisaille qui enveloppait le remblai, elle parut étrangement lugubre et désolée aux yeux de Dorothy. Exposés aux intempéries, les bardeaux étaient d'un gris austère. La neige fondue cognant contre les fenêtres et les porches semblait mettre cruellement à nu les volets écaillés et les marches gauchies des escaliers extérieurs.

Dorothy constata avec surprise que M. Parrish avait laissé les portes du garage ouvertes. Il avait dû rentrer les bras chargés de provisions et oublier de ressortir pour refermer la porte. En tout cas, c'était une aubaine pour eux. Elle allait conduire la voiture dans le vaste garage et se garer à côté du vieux break, puis ils piqueraient un sprint vers la maison en restant à l'abri du surplomb du bâtiment.

« J'ai une clef de la porte de derrière, dit-elle à John Kragopoulos lorsqu'ils furent sortis de la voiture. Je suis vraiment désolée de n'avoir pas pensé à prendre le parapluie de golf de Ray. J'espère que vous ne serez pas trop mouillé.

– Ne vous inquiétez pas pour moi, bougonna-t-il. Je ne suis pas une mauviette. Cela ne se voit donc pas? »

Elle hocha la tête avec un petit sourire. « Très bien, fonçons. » Ils se ruèrent hors du garage en rasant le mur pendant les cent cinquante mètres qui les séparaient de la porte de la cuisine. Cela n'empêcha pas la neige fondue de leur cribler le visage et le vent de s'engouffrer violemment dans leurs manteaux.

Exaspérée, Dorothy s'aperçut que le verrou de sûreté de la porte était tiré. M. Parrish aurait pu se montrer plus prévenant, enragea-t-elle. Elle finit par trouver la clef du verrou dans son sac et appuya sur la sonnette pour prévenir M. Parrish de leur arrivée. L'écho du carillon résonna dans l'escalier lorsqu'elle poussa la porte.

Imperturbable, son acheteur éventuel brossait la neige fondue de son manteau et s'essuyait la figure avec son mouchoir. C'est un homme pondéré, se dit Dorothy. Elle-même dut faire un effort pour ne pas paraître nerveuse et trop volubile en lui montrant les lieux. Chaque fibre de son être la poussait à faire visiter la maison au pas de course. Regardez ça... et ça... et ça... *Maintenant, laissez-moi repartir auprès de Ray et de Nancy; je vous en prie; peut-être ont-ils des nouvelles des enfants.*

Elle observa qu'il examinait attentivement la cuisine. Elle chercha son mouchoir dans sa poche pour se tamponner le visage et s'aperçut soudain qu'elle portait son nouveau manteau d'hiver en daim. Ce matin, elle avait décidé de le mettre en vue de ce rendez-vous. Elle savait qu'il l'avantageait et que sa teinte grise s'harmonisait parfaitement à ses cheveux poivre et sel. La profondeur des poches lui rappela qu'elle ne portait pas son vieux manteau de loden. Ce dernier aurait pourtant été plus approprié aujourd'hui.

Et il y avait autre chose. Oh! oui. En enfilant ce manteau, elle s'était demandé si Jonathan Knowles passerait à l'agence dans l'après-midi et s'il le remarquerait. Peut-être choisirait-il ce jour-là pour l'inviter à dîner avec lui. Elle s'était laissée aller à rêver ainsi il y avait à peine quelques heures. Comment les choses pouvaient-elles changer de façon si rapide, si tragique...?

« Madame Prentiss?

– Oui. Oh! excusez-moi. Je crains d'être distraite

aujourd'hui. » Sa voix lui parut faussement enjouée. « Comme vous pouvez le constater, la cuisine a besoin d'être modernisée, mais elle est spacieuse et bien disposée. Cette cheminée est assez grande pour faire cuire un bœuf – mais j'imagine que vous feriez installer des fours modernes. »

Inconsciemment, elle avait haussé la voix. Le vent strident mugissait autour de la maison de façon lugubre. Elle crut entendre le claquement d'une porte en haut et – l'espace d'une seconde – un gémissement. C'étaient ses nerfs. Cette maison la mettait mal à l'aise cet après-midi. Et la cuisine était glaciale.

Elle conduisit rapidement M. Kragopoulos dans les pièces en façade. Il lui paraissait important qu'il fût d'abord frappé par la vue sur la baie.

La fureur des éléments soulignait encore davantage le panorama stupéfiant qui s'offrit à leurs yeux lorsqu'ils s'approchèrent des fenêtres. Les vagues écumantes montaient, retombaient, venaient se briser contre les rochers, se retiraient. Côte à côte, Dorothy et John Kragopoulos regardèrent les remous que faisait l'eau en venant fouetter les rochers au pied de la falaise.

« A marée haute, ces rochers sont entièrement recouverts, dit-elle. Mais à quelque distance sur la gauche, derrière la jetée, il y a une superbe plage de sable fin qui fait partie de la propriété, et l'embarcadère se trouve juste après. »

Elle l'entraîna de pièce en pièce, attirant son attention sur les parquets en larges lattes de chêne, les imposantes cheminées, les fenêtres à vitraux, la façon dont l'agencement de la maison se prêtait à l'aménagement d'un restaurant de luxe. Au premier étage, il examina les grandes pièces susceptibles d'être utilisées comme chambres pour des hôtes de passage.

« Au cours de la rénovation, on a transformé les petites chambres en salles de bain en les reliant aux chambres principales, expliqua Dorothy. Grâce à quoi, nous avons de beaux ensembles qui ont seulement besoin d'être repeints ou retapissés. A eux seuls, les lits en cuivre valent une fortune. En fait, la plupart des meubles sont très beaux, comme cette commode de bateau, par exemple. J'avais un magasin de décoration dans le temps, et j'aurais adoré aménager une maison comme celle-ci. Les possibilités sont infinies. »

Il était intéressé. Il suffisait à Dorothy de le voir prendre son temps pour ouvrir les portes des placards, tambouriner contre les murs, ouvrir les robinets.

« Le deuxième étage compte davantage de chambres et l'appartement de M. Parrish se trouve au troisième, dit-elle. C'était autrefois l'appartement réservé au directeur résident du club. Il est très spacieux et jouit d'une vue exceptionnelle sur la ville et sur la baie. »

Il arpentait la pièce sans dire un mot. Sentant soudain qu'elle se montrait trop bavarde et insistante, Dorothy se dirigea vers la fenêtre. Il fallait le laisser examiner la maison à son aise et poser toutes les questions qui pourraient se présenter à son esprit. *Vite, vite*, pensa-t-elle. Elle voulait quitter cet endroit. Le besoin de retourner auprès de Ray et de Nancy, d'avoir des nouvelles, la submergeait. Si les enfants étaient dehors, sans abri, par ce temps? Peut-être devrait-elle prendre sa voiture et aller fouiller méticuleusement tous les environs; peut-être s'étaient-ils seulement égarés. Si elle essayait de chercher dans les bois, si elle les appelait... Elle secoua la tête. Elle devenait ridicule.

En lui confiant Missy à l'agence hier, Nancy avait recommandé : « Soyez gentille, forcez-la à garder ses moufles lorsque vous sortirez. Elle a facilement froid aux mains. » Puis elle lui avait tendu les moufles de Missy en riant. « Comme vous pouvez le constater, elles sont dépareillées – et je n'essaie pas de lancer une mode. Cette enfant passe son temps à perdre ses moufles. » Elle avait donné à Dorothy une moufle rouge brodée d'une frimousse souriante et une autre à carreaux bleus et verts.

Dorothy revit le sourire joyeux que lui avait adressé

Missy en tendant ses mains au moment de partir en voiture. « Maman a dit de ne pas oublier mes moufles, tante Dorothy », avait-elle rappelé d'un ton de reproche. Plus tard, lorsqu'elles s'étaient arrêtées pour acheter une glace après être passées prendre Michael à son école, la fillette avait demandé : « Je peux enlever mes moufles pour manger ma glace? » Délicieuse petite! Dorothy essuya les larmes qui lui montaient aux yeux.

Elle parvint à se reprendre et se tourna vers John Kragopoulos qui achevait de noter les mesures de la pièce. « Des plafonds aussi hauts, on n'en trouve plus que dans ces merveilleuses vieilles maisons », jubila-t-il.

Elle ne pouvait plus supporter de rester ici davantage. « Montons au dernier étage, dit-elle brusquement. La vue que l'on a de l'appartement va sûrement vous enchanter. » Elle retourna dans le hall d'entrée et le conduisit vers l'escalier principal. « Oh! avez-vous remarqué que le chauffage est divisé en quatre zones dans cette maison? Cela permet de faire de sérieuses économies de mazout. »

Ils montèrent rapidement jusqu'au troisième étage. « Le second ressemble en tout point au premier, expliqua Dorothy sans s'arrêter. M. Parrish loue l'appartement une partie de l'année depuis six ou sept ans, je crois. Il paie un loyer minime, mais M. Eldredge a estimé que la présence d'un locataire découragerait les actes de vandalisme. Voilà, nous y sommes, c'est au bout du couloir. » Elle frappa à la porte de l'appartement. Il n'y eut pas de réponse. « Monsieur Parrish, appela-t-elle. Monsieur Parrish. »

Elle ouvrit son sac. « C'est bizarre. Je ne comprends pas où il peut s'être rendu sans sa voiture. Mais je dois avoir un double de la clef. » Agacée plus que de raison, elle se mit à fouiller dans son sac. Au téléphone, M. Parrish s'était montré visiblement contrarié en apprenant qu'elle amenait un visiteur. S'il était sur le point de sortir, il aurait pu l'avertir. Elle espéra trouver l'appartement en ordre. Peu de gens étaient disposés à faire un investissement de trois cent cinquante mille dollars. Pas un seul acquéreur ne s'était manifesté pendant près d'une année.

Dorothy ne se rendit pas compte que l'on tournait la poignée de l'intérieur. Mais lorsque la porte s'ouvrit brusquement, elle leva la tête et sursauta en se trouvant face aux yeux inquisiteurs et au visage luisant de sueur du locataire du troisième étage, Courtney Parrish.

« Quel jour affreux vous avez choisi pour venir! » Parrish avait pris un ton empreint d'affabilité en reculant pour les laisser entrer. Il calcula qu'en tenant la porte ouverte et en s'écartant de leur passage, il pouvait éviter de leur serrer la main. Il avait les paumes moites de transpiration.

Il les scruta du regard l'un après l'autre. Avaient-ils entendu la petite fille – cet unique cri? Il était trop bête... trop impatient. Après le coup de téléphone, il avait dû se hâter. En ramassant les vêtements des enfants, il avait failli oublier la chemise de corps de la fillette dans son agitation. Puis la boîte de talc avait glissé. Il avait dû nettoyer.

Il avait attaché les mains et les pieds des enfants, il les avait bâillonnés et cachés dans ce réduit derrière la cheminée au rez-de-chaussée qu'il avait découvert par hasard il y a des mois en traînant dans la maison. Il savait que ces cachettes étaient propres à de nombreuses vieilles demeures du Cape. Les premiers occupants s'y réfugiaient autrefois pour échapper aux attaques des Indiens. Mais ensuite il s'était affolé. Si cette idiote de l'agence immobilière connaissait l'endroit et s'amusait à le faire visiter? On l'ouvrait par un ressort dissimulé dans la bibliothèque de la pièce de séjour.

Supposons qu'elle en connaisse l'existence. Simple supposition. En voyant la Buick de Dorothy arriver et entrer dans le garage, il avait quitté à la hâte son poste d'observation à la fenêtre et s'était rué dans les escaliers pour aller chercher les enfants en bas. Il les avait portés au dernier étage, les enfermant dans l'un des profonds placards de la chambre. C'était mieux comme ça... beaucoup mieux. Il pourrait dire qu'il utilisait ce placard pour ses provisions et qu'il n'arrivait pas à remettre la main sur la clef. Etant donné qu'il avait changé la serrure, cette idiote ne risquait pas d'avoir un double de la clef. D'ailleurs, l'autre placard de la pièce avait pratiquement les mêmes dimensions. Elle pourrait toujours montrer celui-là. C'est là qu'il pouvait commettre une erreur... en compliquant les choses.

Ils s'étaient suffisamment attardés en bas pour lui permettre de passer une dernière fois l'appartement en revue; il était certain de n'avoir rien oublié. La baignoire était encore remplie, mais il l'avait fait exprès. Il n'ignorait pas qu'il s'était montré trop agacé au téléphone. Il fallait faire croire à Dorothy que c'était pour cette simple raison, parce qu'il était sur le point de prendre un bain. Cela justifierait son ton d'impatience.

L'envie de retourner auprès de la petite fille le taraudait. Du plus profond de ses reins montait un désir fiévreux. En ce moment même, elle se trouvait là, juste à quelques mètres d'eux, derrière cette porte, son petit corps à moitié nu. Oh! il ne pouvait plus attendre! Prudence... prudence... Il s'efforça d'écouter la voix de la raison, mais c'était terriblement dur...

« John Kragopoulos. » Ce diable d'individu insistait pour lui serrer la main. Il tenta maladroitement d'essuyer sa paume sur la jambe de son pantalon avant de saisir la main tendue qu'il ne pouvait plus ignorer. « Courtney Parrish », dit-il d'un air renfrogné.

Il vit passer une expression de dégoût sur les traits de l'autre homme lorsque leurs mains se touchèrent. Encore un de ces pédés... la moitié des restaurants de ce côté-ci du Cape étaient tenus par des pédés. Et maintenant, les voilà qui voulaient aussi cette maison. Au fond, tant mieux, il n'en aurait plus besoin à partir de demain.

Il se rendit compte soudain qu'une fois la maison vendue, personne ne s'étonnerait de ne jamais plus le voir réapparaître dans la région en tant que Courtney Parrish. Il pourrait alors perdre du poids, laisser ses cheveux repousser et changer totalement d'apparence à nouveau; car il ne voulait pour rien au monde manquer le procès de Nancy lorsque l'on aurait retrouvé les cadavres de ses enfants et qu'elle serait inculpée. Allons, c'était simple comme bonjour. Le sort lui était favorable. C'était écrit.

Il frémit, sentant monter en lui une vague d'allégresse. Il pouvait même se permettre de demander des nouvelles de Nancy. On n'y verrait qu'un témoignage de bon voisinage. Soudain plein d'assurance, il dit avec courtoisie : « Je suis ravi de faire votre connaissance, monsieur Kragopoulos, et je regrette que vous ayez si mauvais temps pour votre première visite de cette magnifique maison. » Comme par miracle, la sueur qui lui couvrait les mains, les aisselles et l'aine se dissipait.

La tension diminua d'une manière perceptible dans la petite entrée. En fait, Parrish constata qu'elle émanait principalement de Dorothy. C'était normal. Il l'avait vue cent fois entrer dans la maison des Eldredge et en sortir durant ces dernières années, pousser les enfants sur la balançoire, les emmener dans sa voiture. Il l'avait tout de suite cataloguée : une de ces veuves insipides d'une cinquantaine d'années qui s'efforçait de se rendre utile; un parasite. Le mari mort. Pas d'enfant. Un miracle qu'elle n'eût pas de vieille mère malade à sa charge. La plupart de ses semblables en avaient. Cela leur permettait de passer pour des martyres aux yeux de leurs amies. Si dévouée avec sa mère... Pourquoi? Parce qu'elles avaient besoin de se consacrer à quelqu'un, besoin de se rendre importantes. Et si elles avaient des enfants, elles portaient toute leur attention sur eux. Comme la mère de Nancy.

« J'ai entendu les nouvelles à la radio, dit-il à

Dorothy. C'est affreux. A-t-on retrouvé les enfants Eldredge?

– Non. » Dorothy avait les nerfs à fleur de peau. La radio marchait à l'intérieur. Elle entendit les mots « communiqué spécial. » « Excusez-moi », s'écriat-elle en se ruant dans le living-room vers le poste. Elle augmenta le son. « ... redoublement de la tempête. Avis de coups de vent de quatre-vingts à cent kilomètres-heure. Conduite en voiture risquée. Les recherches par air et dans le lac des enfants Eldredge ont été suspendues pour une durée indéterminée. Des voitures de police continuent à patrouiller dans Adams Port et dans les environs. Le commissaire Jed Coffin d'Adams Port prie instamment toute personne croyant détenir une information de le faire savoir immédiatement. Que tout incident inhabituel soit signalé à la police, comme la présence d'un véhicule inconnu aux alentours de la maison des Eldredge; d'une ou de plusieurs personnes étrangères dans la région. Téléphonez au numéro suivant : KL 53 800. Votre identité sera gardée secrète. »

La voix du commentateur poursuivit : « En dépit des appels lancés pour obtenir des indications concernant les enfants disparus, nous savons de source autorisée que Mme Nancy Harmon Eldredge doit être conduite au commissariat central pour y subir un interrogatoire. »

Il fallait qu'elle aille retrouver Nancy et Ray. Elle se retourna brusquement vers John Kragopoulos. « Comme vous le voyez, c'est un appartement charmant, convenant parfaitement à un couple. La vue aussi bien des fenêtres en façade que de celles de derrière est réellement spectaculaire.

– Vous vous intéressez peut-être à l'astronomie? » John Kragopoulos s'adressait à Courtney Parrish.

« Pas vraiment. Pourquoi?

– Simplement à cause de cette superbe longue-vue. »

Parrish s'aperçut trop tard que la longue-vue était

117

encore braquée vers la maison des Eldredge. Voyant John Kragopoulos s'en approcher, il la dévia d'un coup sec vers le haut.

« J'aime observer les étoiles », expliqua-t-il promptement.

John Kragopoulos appliqua son œil sur l'oculaire. « Quel instrument magnifique, s'écria-t-il. Tout simplement magnifique. » Il manipula délicatement la longue-vue jusqu'à la pointer dans la direction où elle se trouvait au préalable. Puis, conscient de l'irritation de Parrish, il se redressa et inspecta la pièce. « C'est un appartement bien conçu, remarqua-t-il à l'intention de Dorothy.

– Je me suis toujours senti très bien ici », dit Parrish. Intérieurement, il fulminait contre lui-même. Une fois encore, il avait réagi avec un empressement suspect. Il ruisselait de sueur à nouveau. Avait-il oublié autre chose? Une trace de la présence des enfants? Ses yeux parcoururent fiévreusement la pièce. Rien.

« J'aimerais faire visiter la chambre et la salle de bain si vous n'y voyez pas d'inconvénient, dit Dorothy.

– Bien sûr. »

Il avait défroissé le couvre-lit et fourré la boîte de talc dans le tiroir de la table de nuit.

« La salle de bain a les dimensions d'une chambre à coucher moderne », dit Dorothy à John Kragopoulos. Puis, jetant un coup d'œil autour d'elle, elle s'exclama : « Oh! je suis confuse. » Elle fixa les yeux sur la baignoire remplie d'eau. « Nous vous avons dérangé à un moment inopportun. Vous alliez prendre un bain.

– Je n'ai pas d'heure », répondit-il. Il s'arrangea malgré tout pour lui donner l'impression qu'elle l'avait effectivement dérangé.

John Kragopoulos revint rapidement dans la chambre à reculons. Il était manifeste que leur venue déplaisait à cet homme. Le fait de laisser la baignoire remplie était une façon grossière de le faire remarquer. Et ce canard dans le bain. Un jouet d'enfant. Il fit une moue de dégoût. Sa main effleura la porte du placard. L'aspect lisse du bois éveilla sa curiosité. Cette maison était vraiment admirablement construite. S'il était dur en affaires, Kragopoulos n'en faisait pas moins confiance à son instinct. Et son instinct lui soufflait que cette maison serait un bon investissement. Ils en demandaient trois cent cinquante mille dollars... Il en offrirait deux cent quatre-vingt-dix et irait jusqu'à trois cent vingt. Il était certain de l'obtenir à ce prix-là.

Sa décision secrètement prise, il inspecta l'appartement avec un intérêt de propriétaire. « Puis-je ouvrir ce placard? » demanda-t-il. C'était une question de pure forme. Il tournait déjà la poignée.

« Je regrette, mais j'ai changé la serrure et je suis incapable d'en retrouver la clef. Si vous voulez regarder l'autre placard. C'est pratiquement le même. »

Dorothy examina la poignée et la serrure neuves. C'étaient des modèles standard de quincaillerie. « J'espère que vous avez conservé la poignée originale, dit-elle. Tous les boutons de porte étaient forgés dans du cuivre massif.

– Je l'ai gardée. Il suffit de la faire réparer. » Bon Dieu, cette femme allait-elle s'obstiner à tourner la poignée? Si la serrure neuve cédait? Elle tenait mal dans le vieux bois. Si le placard s'ouvrait tout seul?

Dorothy n'insista pas. Son léger accès de contrariété se dissipa aussi vite qu'il était venu. Quelle importance, mon Dieu, si l'on changeait tous les boutons de porte du monde entier? Qui s'en souciait?

Parrish dut serrer les lèvres pour retenir son envie d'ordonner à cette fouineuse et à son client de déguerpir. Les enfants se trouvaient juste de l'autre côté de la porte. Avait-il suffisamment serré leurs bâillons? Allaient-ils entendre la voix familière et tenter de faire du bruit? Il fallait se débarrasser de ces gens.

Mais Dorothy désirait s'en aller elle aussi. Une odeur qu'elle crut vaguement reconnaître flottait dans la chambre – une odeur qui lui rappelait fortement Missy. Elle se tourna vers John Kragopoulos. « Peut-être pourrions-nous partir, si vous le voulez bien. »

Il hocha la tête. « Je suis à votre disposition. Je vous remercie. » En quittant les lieux, il se garda bien cette fois-ci de donner une poignée de main. Dorothy le suivit. « Merci, monsieur Parrish, lança-t-elle hâtivement par-dessus son épaule. Je vous tiendrai au courant. »

Elle précéda John Kragopoulos dans l'escalier sans dire un mot. Ils traversèrent la cuisine et Dorothy vit tout de suite en quoi consistait l'avis de tempête lorsqu'elle ouvrit la porte de derrière. Le vent avait considérablement forci durant leur visite de la maison. Oh! mon Dieu, les enfants allaient mourir de froid s'ils étaient encore dehors par ce temps.

« Nous ferions bien de piquer un cent mètres jusqu'au garage », dit-elle. L'air préoccupé, John Kragopoulos hocha la tête et la prit par le bras. Ils coururent ensemble, sans se soucier de rester à l'abri du surplomb. Avec la violence croissante du vent, il était inutile de chercher à se protéger de la neige fondue à laquelle se mêlaient de légers flocons blancs à présent.

Une fois dans le garage, Dorothy passa entre le break et sa voiture et ouvrit la portière du côté du conducteur. Au moment où elle se glissait derrière le volant, elle jeta un coup d'œil par terre. Un bout de chiffon rouge vif sur le sol du garage attira son attention. Ressortant de la voiture, elle se pencha, le ramassa, puis s'affaissa dans son siège, tenant l'objet contre sa joue. Soudain inquiet, John Kragopoulos demanda : « Chère madame Prentiss, qu'avez-vous?

– C'est la moufle! s'écria Dorothy. La moufle de Missy! Elle l'avait hier lorsque je l'ai emmenée manger une glace. Elle l'a sans doute oubliée dans la voiture. J'ai dû la pousser du pied en sortant tout à l'heure. Missy passait son temps à perdre ses moufles. Elle ne portait jamais les deux mêmes. C'était devenu un sujet de plaisanterie. Et ce matin, on a retrouvé le pendant de celle-ci sur la balançoire. » Dorothy se mit à sangloter – à petits bruits secs et saccadés qu'elle tenta d'étouffer en pressant la moufle sur sa bouche.

John Kragopoulos dit doucement : « Je ne peux pas vous dire grand-chose si ce n'est qu'il existe un Dieu aimant et miséricordieux sensible à votre chagrin et au désespoir des parents. Il ne vous abandonnera pas. J'ignore pourquoi, mais j'en ai la conviction. Maintenant, s'il vous plaît, ne croyez-vous pas préférable de me laisser le volant?

– Si vous voulez », dit Dorothy d'une voix étranglée. Elle se poussa sur le siège du passager et enfouit la moufle dans sa poche. Ray et Nancy ne devaient pas la voir. Cela leur briserait le cœur. Oh! Missy! Missy! Dorothy voyait encore la fillette ôter sa moufle pour manger sa glace hier et la laisser tomber sur le siège. Oh! les pauvres petits!

John Kragopoulos fut heureux de conduire. Il s'était senti très mal à l'aise dans la pièce avec cet horrible individu. Il y avait quelque chose de visqueux, d'écœurant qui se dégageait de sa personne. Et ce parfum de talc pour bébé qui flottait dans la chambre, ce jouet absurde dans la baignoire. En quoi un adulte avait-il besoin de tels accessoires?

Dissimulé sur le côté de la fenêtre au troisième étage, Parrish regarda la voiture disparaître dans le virage. Puis, d'une main tremblante, il sortit la clef de sa poche et ouvrit la porte du placard.

Le garçon était conscient. Ses cheveux blonds lui retombaient sur le front et il leva vers lui de grands yeux bleus empreints d'un effroi muet. Il avait la bouche encore solidement bâillonnée, les pieds et les mains fermement attachés.

Parrish le poussa avec rudesse pour saisir la fillette. Il souleva le petit corps mou, le déposa sur le lit – et poussa alors un cri de fureur et de désespoir en contemplant les yeux clos et le visage livide aux joues pincées...

16

NANCY crispait convulsivement ses poings sur la courtepointe. Lendon lui couvrit doucement les doigts de ses mains fortes et bien dessinées. En proie à une émotion intense, la jeune femme respirait difficilement, le souffle court et saccadé.

« Nancy, ne vous inquiétez pas. Tout le monde sait que vous êtes incapable de faire du mal à vos enfants. C'est ce que vous vouliez dire, n'est-ce pas?

– Oui... oui... les gens croient que j'ai pu leur faire du mal. Comment aurais-je pu les tuer? Ils font partie de moi. Je suis morte avec eux...

– Nous mourons tous un peu en perdant ceux que nous aimons, Nancy. Si nous évoquions ensemble l'époque où vos ennuis n'avaient pas encore commencé? Parlez-moi de votre enfance dans l'Ohio.

– Mon enfance? » La voix de Nancy ne fut plus qu'un murmure. Ses muscles tendus se relâchèrent peu à peu.

« Oui, parlez-moi de votre père. Je ne l'ai pas connu. »

Jed Coffin s'agita, faisant grincer sa chaise sur le plancher. Lendon lui lança un regard d'avertissement. « J'ai de bonnes raisons pour lui demander cela, dit-il posément. Je vous prie d'avoir un peu de patience.

– Papa? » Nancy prit soudain un ton joyeux. Elle rit doucement. « On ne s'ennuyait jamais avec lui. Maman et moi allions toujours le chercher en voiture à l'aéroport lorsqu'il rentrait d'un vol. Durant toutes ces années, il n'est jamais revenu sans nous rapporter quelque chose à toutes les deux. Nous passions nos vacances dans le monde entier. Ils m'emmenaient toujours avec eux. Je me souviens d'un voyage... »

Ray ne pouvait détacher ses yeux de Nancy. C'était la première fois qu'il l'entendait parler avec cette intonation – gaie, animée, où le rire perçait à chaque mot. Avait-il inconsciemment cherché à déceler cela en elle? S'agissait-il d'autre chose que de la simple lassitude de vivre dans la crainte que l'on puisse découvrir la vérité? Il l'espérait.

Jonathan Knowles écoutait attentivement Nancy, admirant le savoir-faire de Lendon Miles pour gagner la confiance de la jeune femme et la forcer à se détendre avant de l'interroger sur les circonstances de la disparition des enfants Harmon. Le léger tic-tac de la grande horloge comtoise rappelait cruellement le temps qui s'écoulait. Jonathan se rendit compte qu'il tournait malgré lui les yeux vers Dorothy. Il reconnaissait lui avoir parlé sèchement au moment où elle montait dans sa voiture. Il avait eu une réaction de déception en constatant qu'elle lui avait délibérément menti, en prétendant avoir personnellement connu Nancy autrefois.

Pourquoi avait-elle agi ainsi? Parce qu'il avait fait remarquer que Nancy lui rappelait quelqu'un? Craignait-elle simplement de ne pouvoir lui faire confiance une fois qu'il saurait la vérité? Prenait-il trop souvent son air hautain d'avocat célèbre, comme se plaisait à le dire Emily?

En tout cas, il sentit qu'il devait des excuses à Dorothy. Elle avait une mine atroce. La tension se lisait sur ses traits. Elle portait encore son gros manteau d'hiver et ses mains étaient enfouies dans ses poches. Il lui parlerait à la première occasion. Elle avait besoin d'être réconfortée. Elle était sûrement extrêmement attachée à ces enfants.

La lumière dans la pièce vacilla, puis s'éteignit. « Il

fallait s'y attendre. » Jed Coffin cala le micro sur la table et alla chercher des allumettes. Ray alluma rapidement les lampes à pétrole anciennes de part et d'autre de la cheminée. Elles répandirent une lueur jaune qui se mêla à l'éclat des flammes rouge vif de l'âtre, baignant d'un reflet rose le canapé sur lequel était allongée Nancy et projetant des ombres secrètes aux angles de la pièce obscure.

Il sembla à Ray que le tambourinement continu de la neige fondue contre la maison et la plainte du vent dans les pins s'étaient accrus. Mon Dieu, si les enfants étaient dehors dans ces conditions...! Il s'était réveillé la nuit dernière en entendant Missy tousser. Mais elle dormait profondément lorsqu'il était entré dans sa chambre, la joue blottie contre la paume de sa main. Il s'était penché pour remonter les couvertures et elle avait murmuré : « Papa » en remuant; elle s'était apaisée au contact de la main de Ray sur son dos.

Et Michael. Il était allé chercher du lait avec Michael au supermarché Wiggins – était-ce seulement hier matin? Ils étaient arrivés au moment où le locataire de la maison du Guet, M. Parrish, sortait du magasin. L'homme avait aimablement incliné la tête, mais en le voyant monter dans son vieux break Ford, Michael avait fait une grimace de dégoût. « Je ne l'aime pas », avait-il dit.

Ray retint un sourire à ce souvenir. Mike était un petit bonhomme aux manières farouches, mais il avait hérité de Nancy cette répugnance pour la laideur et, quelle que fût la façon dont vous le regardiez, Courtney Parrish était un homme lourd, disgracieux et déplaisant.

Même les Wiggins avaient fait des réflexions désobligeantes à son sujet. Après son départ, Jack Wiggins avait déclaré : « Ce type est l'être humain le plus lent à se remuer que j'aie jamais rencontré. Il traîne toujours dans le magasin comme s'il avait l'éternité devant lui. »

Michael était devenu pensif. « Moi, je n'ai jamais

assez de temps, avait-il dit. J'aide papa à vernir un bureau pour ma chambre, et chaque fois que j'ai envie de continuer, c'est l'heure d'aller à l'école.

– C'est un bon petit assistant que vous semblez avoir là, Ray, avait fait remarquer Jack Wiggins. Je lui donnerai peut-être quelque chose à faire un jour, il a l'air bien vaillant. »

Mike avait soulevé le sac des commissions. « Je suis fort aussi, avait-il dit. Je peux porter des choses. Je peux porter ma sœur pendant longtemps. »

Ray serra les poings. Rien de tout cela n'était réel. C'était impossible. Les enfants disparus. Nancy sous sédatif. Que disait-elle?

Elle parlait toujours de la même intonation rieuse. « Papa nous appelait ses filles, maman et moi... » Sa voix s'altéra.

« Qu'y a-t-il, Nancy? demanda le docteur Miles. Votre père vous appelait sa petite fille? Est-ce cela qui vous bouleverse?

– Non... non... non... il nous appelait ses filles. C'était différent... différent... pas du tout pareil... » Sa voix monta brusquement, vibrante de protestation.

Lendon prit un ton apaisant. « Bon, Nancy. N'y pensez plus. Parlons du collège. Désiriez-vous aller à l'Université?

– Oui... j'en avais vraiment envie... mais je m'inquiétais pour maman.

– Pourquoi vous inquiétiez-vous?

– J'avais peur qu'elle ne se sentît seule. A cause de papa... et nous avions vendu la maison; maman était en train d'emménager dans un appartement. Tout avait tellement changé pour elle. Elle avait pris un nouvel emploi. Mais elle aimait travailler... Elle disait que je devais partir... qu'elle le désirait... elle disait qu'aujourd'hui... qu'aujourd'hui...

– Qu'aujourd'hui est le premier de nos jours à venir », termina lentement Lendon. Oui, Priscilla lui avait dit la même chose. Le jour où elle était entrée dans son cabinet après avoir mis Nancy dans l'avion pour l'Université. Elle lui avait raconté qu'elle était restée debout en agitant la main, tandis que l'avion roulait sur la piste d'envol. Ses yeux s'étaient alors embués de larmes. « Je suis ridicule, avait-elle dit avec un sourire d'excuse. Une vraie mère poule.

– Vous vous en tirez très bien, l'avait rassurée Lendon.

– Oh! c'est juste quand on pense que la vie peut changer... si radicalement. D'un seul coup, toute une partie, la partie la plus importante... prend fin. Et cependant, je crois qu'après avoir connu quelque chose de merveilleux... un bonheur aussi parfait... vous ne pouvez pas regarder en arrière avec regret. C'est ce que j'ai dit à Nancy aujourd'hui... Je ne veux pas qu'elle se tourmente pour moi. Je veux qu'elle soit heureuse à l'Université. Je lui ai dit que nous ne devions jamais oublier cette devise toutes les deux : Aujourd'hui est le premier de nos jours à venir. »

Lendon se souvint qu'un patient était alors entré dans le cabinet. A l'époque, il avait béni son arrivée; il avait été à deux doigts de prendre Priscilla dans ses bras.

« ... mais tout allait bien, disait Nancy d'une voix encore hésitante, incertaine. Les lettres de maman étaient pleines d'entrain. Elle aimait son travail. Elle parlait beaucoup du docteur Miles... J'étais contente...

– Vous plaisiez-vous à l'Université, Nancy? demanda Lendon. Aviez-vous beaucoup d'amies?

– Au début, oui. Je m'entendais bien avec les autres filles et je sortais beaucoup.

– Parlez-moi de vos études. Aimiez-vous les matières que vous aviez au programme?

– Oh! oui. Je n'avais aucun problème... sauf en bio... »

Sa voix changea, s'altéra sensiblement. « J'avais plus de difficultés. Je n'ai jamais aimé les sciences... mais c'était obligatoire.

– Et vous avez rencontré Carl Harmon.

– Oui. Il... il désirait m'aider en biologie. Il me

faisait venir dans son bureau et il repassait les cours avec moi. Il disait que je sortais trop et que j'allais tomber malade si je continuais comme ça. Il était tellement attentionné... il a même voulu que je prenne des vitamines. Il devait avoir raison... car je me sentais fatiguée... si fatiguée... et puis j'ai commencé à me sentir déprimée... Maman me manquait.

– Mais vous saviez que vous reviendriez chez vous pour les vacances de Noël?

– Oui... et ça ne voulait plus rien dire... Tout à coup... tout allait si mal... je ne voulais pas l'inquiéter... je ne lui en ai pas parlé dans mes lettres... mais je crois qu'elle avait deviné... Elle est venue passer un week-end... et elle est morte... tuée... parce qu'elle était venue me voir... C'est de ma faute... ma faute. » Sa voix s'éleva en un cri perçant de désespoir, puis se brisa dans un sanglot.

Ray bondit de sa chaise, mais Jonathan le retint. La lumière tremblotante de la lampe à pétrole éclaira le visage de Nancy. Elle avait les traits tordus par la douleur. « Maman! cria-t-elle. Oh! Maman... je t'en prie, ne sois pas morte. Sois vivante! Oh! Maman, s'il te plaît, sois vivante... j'ai besoin de toi... Maman, ne sois pas morte... Maman... »

Dorothy détourna la tête, s'efforçant de contenir ses larmes. Elle ne s'étonnait plus que Nancy lui en eût voulu d'avoir dit qu'elle tenait lieu de grand-mère à Missy et Michael. Pourquoi rester ici? Personne ne s'apercevait ni ne se souciait de sa présence. Elle se rendrait plus utile en allant préparer du café. Nancy pourrait en avoir envie tout à l'heure. Elle devait ôter son manteau. Mais c'était au-dessus de ses forces. Elle avait trop froid; elle se sentait trop seule. Elle contempla le tapis à ses pieds, vit le motif se brouiller devant ses yeux. Levant la tête, elle rencontra le regard impénétrable de Jonathan et sut qu'il la dévisageait depuis un bon moment.

« ... Carl vous a aidée à la mort de votre mère. Etait-il gentil avec vous? » Pourquoi Lendon Miles réveillait-il tous ces tourments? Quel était l'intérêt de forcer Nancy à revivre cette période? Dorothy se leva.

Nancy répondit avec calme. « Oh! oui. Il a été très gentil avec moi... il s'est occupé de tout.

– Et il vous a épousée.

– Oui. Il disait qu'il prendrait soin de moi. Et j'étais si lasse. Il était si gentil avec moi.

– Nancy, vous ne devez pas vous sentir responsable de l'accident de votre mère. Vous n'y êtes pour rien.

– L'accident? » Nancy parut soudain songeuse. « Ce n'était pas un accident...

– Mais si, c'était un accident. » Lendon avait gardé le même ton apaisant, bien qu'il sentît les muscles de sa gorge se nouer.

« Je ne sais pas... je ne sais pas...

– Bon, nous y reviendrons plus tard. Parlez-nous de Carl.

– Il était gentil avec moi...

– Vous répétez tout le temps la même chose, Nancy. En quoi était-il gentil avec vous?

– Il s'est occupé de moi. J'étais malade; il avait tant à faire pour moi...

– Que faisait-il pour vous, Nancy?

– Je ne veux pas en parler.

– Pourquoi, Nancy?

– Je ne veux pas. Je ne veux pas...

– Très bien. Parlez-nous des enfants. Peter et Lisa.

– Ils étaient si gentils...

– Vous voulez dire qu'ils étaient sages?

– Ils étaient si gentils... trop gentils...

– Nancy, arrêtez de dire gentil. Carl était si gentil avec vous. Et les enfants étaient gentils. Vous avez dû être très heureuse.

– Heureuse? J'étais tellement fatiguée...

– Pourquoi étiez-vous fatiguée?

– Carl disait que j'étais malade. Il était si gentil pour moi.

– Nancy, il faut nous dire. De quelle manière Carl était-il gentil avec vous?

– Il veillait à ce que j'aille mieux. Il voulait que j'aille mieux. Il disait que je devais être une gentille petite fille.

– De quoi souffriez-vous, Nancy? Où aviez-vous mal?

– Si fatiguée... toujours si fatiguée... Carl m'aidait...

– Comment vous aidait-il?

– Je ne veux pas en parler.

– Mais il le faut, Nancy. Que faisait Carl?

– Je suis fatiguée... je suis fatiguée maintenant...

– Très bien, Nancy. Vous allez vous reposer pendant quelques minutes, puis nous parlerons encore un peu. Reposez-vous tranquillement... Reposez-vous. »

Lendon se redressa. Le commissaire Coffin le prit immédiatement par le bras, lui désignant la cuisine d'un signe de tête. Dès qu'ils furent hors de la pièce, il prononça sèchement : « Tout ça ne nous mène nulle part. Ça peut prendre des heures sans que vous arriviez à rien. Cette femme se sent responsable de l'accident de sa mère parce que celle-ci avait fait ce voyage pour venir la voir. C'est aussi simple. Maintenant, si vous croyez pouvoir découvrir autre chose au sujet du meurtre des enfants Harmon, allez-y. Sinon, je l'interroge au commissariat.

– On ne peut pas la brusquer. Elle commence à parler. Il y a trop de choses que son inconscient lui-même refuse de regarder en face. »

Le commissaire Coffin s'écria : « Et moi, je préfère ne pas me regarder en face si jamais ces gosses sont encore en vie et que j'aie perdu ici un temps précieux.

– Très bien. Je vais l'interroger sur ce qui s'est passé ce matin. Mais d'abord, je vous en prie, laissez-moi lui poser des questions sur le jour où les enfants Harmon ont disparu. S'il existe un lien entre les deux disparitions, il se peut qu'elle nous le révèle. »

Le commissaire Coffin regarda sa montre. « Nom de Dieu, il est déjà presque quatre heures de l'après-midi. Le peu de visibilité qui a régné pendant toute la journée sera réduit à zéro d'ici une demi-heure. Où se trouve la radio ? Je veux entendre les informations.

– Il y a un poste dans la cuisine, chef. » Âgé d'une trentaine d'années, les cheveux blonds et l'air consciencieux, Bernie Mills était dans la police depuis douze ans et cette affaire lui paraissait de loin la plus sensationnelle qu'il eût connue. Nancy Harmon. Nancy Eldredge était Nancy Harmon ! La femme de Ray Eldredge. Ça se voyait tout de suite. On ne sait vraiment jamais ce qui se passe dans la tête des gens. Lorsqu'ils étaient gosses, Bernie et Ray faisaient partie de la même équipe de base-ball durant l'été. Ensuite, Ray était parti dans une de ces écoles privées de luxe, puis à l'Université de Darmouth. Bernie ne s'attendait pas à ce qu'il vînt s'installer au Cape après son service militaire. C'est pourtant ce que Ray avait fait. Quand il avait épousé la fille qui louait cette maison, tout le monde avait dit qu'elle était drôlement jolie. Certains avaient fait remarquer qu'elle leur rappelait quelqu'un.

Bernie se souvint de sa propre réaction à ces propos. Des tas de gens ressemblent à quelqu'un d'autre. Son propre oncle, un bon à rien et un ivrogne, qui avait fait mener à sa tante une vie de chien, était le portrait craché de Barry Goldwater. Il jeta un coup d'œil par la fenêtre. Les types de la télévision étaient toujours plantés là avec leur camion et tout leur attirail. En quête de l'événement du siècle. Il se demanda quelle serait leur réaction s'ils apprenaient que l'on faisait une injection de sérum de vérité à Nancy en ce moment. Ça, c'était une information ! Il était impatient de rentrer à la maison pour le raconter à Jane. Comment s'en tirait-elle avec le bébé ? Bobby avait eu mal aux dents la nuit dernière ; ils n'avaient pas fermé l'œil.

L'espace d'une seule et terrifiante minute, Bernie se

130

demanda ce qu'il ressentirait si le petit bonhomme venait à disparaître un jour comme aujourd'hui... quelque part dehors... sans qu'il sût où. C'était une perspective tellement horrible, atroce, intolérable, qu'il la repoussa. Jane ne s'éloignait jamais de Bobby. Parfois, elle tapait sur les nerfs de Bernie à force de toujours tourner autour de l'enfant. A présent, ce besoin de ne jamais quitter leur bébé des yeux le rassurait. Le petit allait bien – vous pouviez vous fier à Jane.

Dorothy était en train de remplir la cafetière dans la cuisine. Bernie la trouvait un peu agaçante. Elle avait l'air tellement – eh bien, mettons qu'on appelle ça réservé. Elle pouvait se montrer gentille et aimable – mais... Bernie hésitait à se prononcer. Bref, il se dit que Dorothy était simplement un peu trop prétentieuse à son goût.

Il tourna le bouton du transistor et la voix de Dan Phillips, le présentateur de la W.C.O.D., la radio de Hyannis Port, emplit immédiatement la pièce. « L'affaire de la disparition des enfants Eldredge vient de prendre une nouvelle tournure », disait Phillips et son ton vibrait d'excitation d'une façon peu professionnelle. « Un pompiste, Otto Linden, de la station-service située sur la nationale 28 à Hyannis Port, vient de nous certifier par téléphone qu'il avait fait le plein ce matin à neuf heures de la voiture de Rob Legler, le témoin disparu dans l'affaire du meurtre Harmon il y a sept ans. Legler semblait nerveux, a ajouté M. Linden et il a spontanément indiqué qu'il se rendait à Adams Port pour y rencontrer une personne à qui sa visite risquait fort de déplaire. Il conduisait une Dodge Dart rouge d'un modèle ancien. »

Jed Coffin jura entre ses dents. « Et je perds mon temps ici à écouter leur blabla! » Il se dirigea vers le téléphone et souleva le récepteur au moment même où la sonnerie retentissait. Laissant à peine à son interlocuteur le temps de se nommer, il dit impatiemment : « Je suis au courant. Bon. Je veux un barrage sur les ponts qui mènent au continent. Fouillez dans les fichiers du F.B.I. réservés aux déserteurs – tâchez d'apprendre s'ils savent où se trouvait Legler en dernier lieu. Passez un communiqué au sujet d'une Dodge rouge. » Il raccrocha brutalement l'appareil et se tourna vers Lendon. « Maintenant, j'aimerais que vous posiez cette simple question à Nancy Eldredge : Rob Legler est-il oui ou non venu la voir ce matin... et que lui a-t-il dit? »

Lendon sursauta. « Vous croyez...

– Je crois que Rob Legler est la personne qui pourrait replonger Nancy Eldredge au beau milieu d'un procès pour meurtre. On n'a jamais clos l'affaire Harmon. Alors, supposons qu'il soit resté caché au Canada pendant six ans environ. Il a besoin d'argent. N'a-t-on pas révélé au cours du procès que Nancy avait hérité une jolie somme d'argent de ses parents? Quelque cent cinquante mille dollars. Mettons donc que Rob Legler soit au courant de cet héritage et qu'il apprenne d'une façon ou d'une autre où se trouve Nancy. Le cabinet du procureur à San Francisco a gardé sa trace. Supposons maintenant que Legler en ait marre du Canada, qu'il veuille rentrer aux Etats-Unis et qu'il ait besoin de fric. Pourquoi ne pas aller trouver Nancy Eldredge et lui promettre de revenir sur sa déposition dans le cas où il serait arrêté et où l'on rouvrirait le procès? Cela consisterait à exiger d'elle un chèque en blanc. Il arrive donc ici. Il rencontre Nancy. L'affaire prend mauvaise tournure. Nancy ne marche pas... ou alors il change d'avis. Elle sait qu'il peut être arrêté d'un jour à l'autre ou se livrer lui-même à la police et qu'elle risque de se retrouver à San Francisco, inculpée d'un meurtre, et elle craque...

– Et elle tue les enfants Eldredge? » La voix de Lendon était pleine de dédain. « Avez-vous seulement pensé que cet étudiant qui a failli envoyer Nancy à la chambre à gaz pouvait se trouver dans les parages à chacune des deux disparitions? Laissez-moi encore une chance, insista Lendon. Laissez-moi seulement interroger Nancy sur le jour où les enfants Harmon ont disparu. Je voudrais d'abord lui faire raconter les événements de cette journée.

– Vous avez trente minutes, pas plus. »

Dorothy versa le café dans les tasses qu'elle avait déjà disposées sur un plateau. Elle découpa rapidement quelques tranches du moka que Nancy avait préparé la veille. « Un café fera du bien à tout le monde », dit-elle.

Elle apporta le plateau dans la pièce de devant. Assis dans le fauteuil que Lendon avait tiré près du canapé, Ray massait doucement les mains de Nancy. Elle semblait très calme, avec une respiration régulière, mais elle s'agita et gémit lorsque les autres revinrent auprès d'elle.

Debout à côté de la cheminée, Jonathan regardait fixement le feu. Il avait allumé sa pipe et l'odeur agréable de son tabac habituel envahissait peu à peu la pièce. Dorothy en huma les effluves en posant le plateau du café sur la table ronde en pin près de la cheminée. Une vague de nostalgie la submergea. Kenneth fumait la pipe autrefois, et il utilisait la même marque de tabac. Dorothy et lui aimaient les sombres fins d'après-midi d'hiver comme celle-ci. Ils faisaient une flambée dans la cheminée et s'installaient l'un près de l'autre avec une bouteille de vin, du fromage et des livres, heureux. Le regret s'empara d'elle. Regret de ne pouvoir contrôler sa propre vie. La plupart du temps, vous n'agissez pas, vous réagissez.

« Désirez-vous du café et une tranche de gâteau? » demanda-t-elle à Jonathan.

Il la regarda pensivement. « Avec plaisir. »

Elle savait qu'il prenait de la crème et un seul sucre. Elle le servit d'office et lui tendit sa tasse. « Vous devriez ôter votre manteau, dit-il.

– Pas tout de suite. Je suis encore frigorifiée. »

Le docteur Miles et le commissaire Coffin étaient entrés à sa suite et se servirent eux-mêmes. Dorothy remplit une autre tasse qu'elle apporta près du canapé. « Ray, prenez un peu de café. »

Il leva les yeux. « Merci. » Tout en prenant sa tasse, il murmura à l'adresse de Nancy : « Tout va s'arranger, petite fille. »

Elle eut un violent frisson. Elle ouvrit brusquement les yeux et leva un bras, heurtant la tasse qui échappa à Ray et alla se briser par terre. Le liquide chaud se répandit sur la robe de chambre de Nancy et sur la courtepointe. Des éclaboussures giclèrent sur Ray et sur Nancy. Ils sursautèrent tous les deux en même temps, tandis qu'elle poussait un cri désespéré d'animal. « Je ne suis pas ta petite fille! Ne m'appelle pas ta petite fille! »

17

COURTNEY PARRISH se détourna de la petite forme immobile sur le lit en poussant un profond soupir. Il avait ôté le ruban adhésif de la bouche de Missy et détaché les cordes qui lui liaient les chevilles et les poignets, laissant le tout en vrac sur le couvre-lit en patchwork. Les jolis cheveux soyeux de l'enfant étaient emmêlés à présent. Il s'était dit qu'il les brosserait en la baignant, mais cela ne rimait plus à rien maintenant. Il avait besoin de sentir qu'elle réagissait.

Recroquevillé par terre dans le placard, le petit garçon, Michael, ne bougeait pas. Ses grands yeux bleus s'emplirent de terreur lorsque Courtney le souleva et le serra contre sa large poitrine.

Il posa Michael sur le lit, défit les liens de ses chevilles et de ses poignets et tira d'un coup sec sur le ruban adhésif qui lui fermait la bouche. L'enfant poussa un cri de douleur, puis se mordit la lèvre. Il semblait moins abattu, extrêmement méfiant, sur ses gardes, mais avec une sorte de courage d'animal pris au piège.

« Qu'avez-vous fait à ma sœur? » L'agressivité du ton indiquait que le gosse n'avait pas bu tout le lait avec le calmant que Courtney lui avait donné avant l'arrivée de ces damnés intrus.

« Elle dort.

– Laissez-nous rentrer à la maison. Nous voulons

135

rentrer à la maison. Je ne vous aime pas. J'ai dit à mon papa que je ne vous aimais pas, et tante Dorothy était ici et vous nous avez cachés. »

Courtney leva la main droite et gifla l'enfant. Michael se rejeta en arrière sous le coup de la douleur, puis il roula sur le côté, échappant à la poigne de l'homme. Courtney voulut le rattraper, perdit l'équilibre et tomba lourdement sur le lit. Ses lèvres effleurèrent les cheveux blonds emmêlés de Missy; pendant un instant son attention fut détournée. Reprenant son sang-froid, il se retourna, se redressa et, ramassé sur lui-même, il s'apprêta à bondir sur Michael. Mais l'enfant reculait vers la porte de la chambre. Il l'ouvrit d'un geste vif et se précipita dans le salon attenant.

Courtney s'élança derrière lui, se rappelant soudain qu'il n'avait pas fermé à clef la porte de l'appartement. Il avait préféré que Dorothy n'entendît pas le déclic de la serrure en partant.

Michael ouvrit brusquement la porte et se rua dans l'escalier. Ses pas résonnèrent bruyamment sur les marches nues. Il se déplaçait rapidement, silhouette menue fonçant vers l'obscurité rassurante du deuxième étage. Courtney se précipita à sa poursuite, mais dans sa hâte il perdit l'équilibre et tomba. Il dévala six marches avant de pouvoir arrêter sa chute en agrippant la grosse rampe en bois. Secouant la tête pour reprendre ses esprits, il se releva lentement, ressentant une douleur aiguë à la cheville droite. Il devait aller s'assurer que la porte de la cuisine était fermée à clef.

Les bruits de pas avaient cessé. Le petit garçon avait dû se cacher dans l'une des chambres du deuxième étage, mais Courtney disposait de tout son temps pour le chercher. D'abord la porte de la cuisine. Aucun risque avec les fenêtres. Elles étaient toutes verrouillées et trop lourdes de toute façon. Le verrou de sécurité de la porte d'entrée principale était placé trop haut pour l'enfant. Il allait juste fermer la porte de la cuisine, puis se mettre à la recherche du gosse – pièce par pièce. Il l'appellerait, le menacerait. Michael mourait de peur. Il lui avait lancé un regard épouvanté tout à l'heure. Sa ressemblance avec Nancy n'en paraissait que plus frappante. Oh! c'était encore plus merveilleux que prévu. Mais il devait faire vite. Il ne fallait pas que l'enfant pût s'échapper de la maison.

« Je reviens tout de suite, Michael, cria-t-il. Je te trouverai, Michael. Tu es un vilain garçon. Tu mérites d'être puni, Michael. Tu m'entends, Michael? »

Il crut entendre un bruit dans la chambre sur la droite et se précipita à l'intérieur, s'efforçant de ménager sa cheville. Mais la pièce était vide. Et si l'enfant avait filé dans le couloir et pris l'escalier principal? Soudain saisi de panique, il descendit lourdement les deux autres étages. Dehors, on entendait les vagues s'écraser sur les rochers. Il entra en trombe dans la cuisine, se rua vers la porte. C'était toujours celle qu'il utilisait pour entrer et sortir de la maison. Elle était pourvue non seulement d'une serrure qui fermait à double tour, mais aussi d'un verrou. Il haleta, le souffle court. De ses gros doigts tremblants, il poussa le verrou, puis tira une lourde chaise de cuisine en bois et la coinça sous la poignée. L'enfant n'aurait pas la force de la déplacer. Il n'y avait aucun autre moyen de sortir de la maison.

La tempête avait presque dissipé les dernières lueurs du jour. Courtney alluma le plafonnier, mais un instant plus tard, la lumière vacilla et s'éteignit. L'orage avait dû endommager les fils électriques. Retrouver le petit garçon allait être plus difficile à présent. Les chambres des deux étages étaient encombrées de meubles. Elles avaient également des placards – très profonds – et des armoires dans lesquelles l'enfant pouvait se cacher. Se mordant violemment les lèvres, Courtney saisit la lampe tempête sur la table, craqua une allumette et alluma la mèche. A travers le verre coloré, la lumière jeta un inquiétant reflet rougeâtre sur le manteau de la cheminée, sur le plancher en bois clair et le plafond aux poutres épaisses. Le vent gémit contre les volets lorsque Courtney appela : « Michael... tout va bien, Michael. Je ne suis pas fâché. Sors, Michael. Je vais te ramener à ta maman. »

18

CELA faisait six ans que Rob Legler attendait l'occasion de faire chanter Nancy Harmon – depuis le jour où il avait pris un avion pour le Canada après avoir soigneusement déchiré sa feuille de route pour le Vietnam. Durant toutes ces années, il avait travaillé comme ouvrier agricole près d'Halifax. Le seul boulot qu'il ait pu trouver, et il en avait horreur. Non qu'il regrettât une minute sa décision de déserter. Quel est l'imbécile qui aimerait aller dans un de ces bleds dégueulasses et torrides se faire trouer la peau par un tas de salauds de demi-portions? Pas lui en tout cas!

Il avait travaillé dans une ferme au Canada parce qu'il n'avait pas eu le choix. Il avait quitté San Francisco avec soixante billets en poche. S'il revenait chez lui, on le ficherait en taule. Etre condamné pour désertion ne lui paraissait pas la meilleure façon de passer le reste de ses jours. Il avait besoin de fric pour se planquer dans un pays comme l'Argentine. Il ne ressemblait pas à ces milliers de déserteurs qui finiraient bien par pouvoir rentrer aux Etats-Unis sous une fausse identité. A cause de ce foutu procès Harmon, il était un homme traqué.

Si seulement le jugement n'avait pas été cassé... l'affaire serait classée... Mais ce fumier de procureur avait juré, dût-il y passer vingt ans de sa vie, de rouvrir le procès de Nancy Harmon pour le meurtre de ses gosses. Et Rob était le témoin à charge, le témoin qui fournissait le mobile.

Rob n'avait pas l'intention de laisser toute cette comédie se reproduire. En fait, la dernière fois, le procureur avait déclaré aux jurés qu'il fallait voir dans ce meurtre sans doute davantage que le simple désir de Nancy d'échapper à une situation familiale. « Elle était probablement amoureuse, avait-il ajouté. Nous sommes ici en présence d'une très jolie femme mariée à l'âge de dix-huit ans à un homme bien plus âgé qu'elle. Son existence pourrait faire envie à bien des femmes. Le dévouement du professeur Harmon envers sa jeune épouse et sa famille était exemplaire aux yeux de tous. Mais Nancy Harmon était-elle satisfaite? Non. Lorsqu'un étudiant se présente chez elle, chargé par son mari de réparer une panne afin de lui épargner quelques heures de désagrément, que fait-elle? Elle ne le quitte pas d'une semelle, le presse d'accepter une tasse de café, avoue trouver agréable de parler à quelqu'un de jeune... raconte qu'elle doit s'enfuir... répond passionnément à ses avances... et ensuite, au moment où il lui déclare qu' " élever des enfants n'est pas son style ", elle lui annonce froidement que ses enfants vont être étouffés.

« Dans ces circonstances, mesdames et messieurs les jurés, j'ai le plus grand mépris pour Rob Legler. Je crois que cette jeune femme sans cervelle a été un jouet entre ses mains. Je ne crois pas une seconde que leur passion indue se soit terminée par quelques baisers... mais je le crois sincère lorsqu'il rapporte les mots accablants sortis de la bouche même de Nancy Harmon. »

Qu'il aille se faire foutre! Rob sentit une peur maladive lui tordre l'estomac au souvenir de ce discours. Ce salaud aurait donné sa chemise pour l'accuser de complicité de meurtre.Tout ça parce que Rob s'était trouvé dans le bureau du vieil Harmon le jour où sa femme l'avait prévenu par téléphone que le chauffage était tombé en panne. Rob n'offrait généralement pas volontiers ses services. Mais il n'y avait pas une machine, un moteur, ou un appareil mécanique qu'il ne sût réparer, et il avait entendu parler de la sacrée nana que ce vieux dégoûtant avait pour femme.

C'était ce détail en particulier qui l'avait poussé à proposer ses services. Harmon avait d'abord rejeté son offre, mais après avoir en vain cherché à joindre l'employé chargé de l'entretien de sa maison, il avait fini par accepter. Il ne voulait pas que sa femme emmenât les enfants dans un motel. C'était ce qu'elle avait suggéré.

Rob s'était donc rendu chez Harmon. Tout ce que ses copains avaient raconté sur Nancy était exact... c'était un beau brin de fille. Mais elle n'avait franchement pas l'air de le savoir. Elle paraissait plutôt du genre timide... peu sûre d'elle. Il s'était présenté vers midi. Elle faisait déjeuner les enfants... un garçon et une fille. Des enfants faciles, l'un comme l'autre. Elle ne lui avait pas tellement prêté attention, le remerciant seulement d'être venu avant de retourner auprès des enfants.

Il s'était dit que le seul moyen d'éveiller son intérêt était de s'intéresser aux gosses et avait commencé à leur parler. Rob s'entendait à faire du charme. Il aimait les filles plus âgées que lui. Non que celle-ci fût beaucoup plus vieille. Mais depuis l'époque où il avait baisé la femme de l'appartement d'à côté à l'âge de seize ans, il avait appris que si vous savez vous montrer gentil avec les mômes d'une femme, elle vous prend pour un type bien et envoie balader tous ses sentiments de culpabilité. Bon Dieu, Rob pouvait vous écrire un bouquin entier sur la rationalisation du complexe maternel!

Il ne lui avait pas fallu plus de deux minutes pour faire rire les gosses et Nancy, puis il avait proposé au petit garçon de venir réparer la chaudière avec lui. Comme prévu, la petite fille elle aussi avait voulu se joindre à eux. Et Nancy avait décidé de les accompagner, voulant s'assurer qu'ils ne le dérangeraient pas. La chaudière n'avait rien de bien sérieux, juste un filtre bouché, mais il avait dit qu'il manquait une pièce. Il pouvait la faire fonctionner temporairement et reviendrait plus tard achever la réparation.

Il ne s'était pas attardé le premier jour. Inutile d'attirer la méfiance du vieux. Il s'était rendu directement dans le bureau du professeur. Harmon avait paru contrarié et soucieux en ouvrant la porte, mais il avait eu un sourire de soulagement à la vue de Rob. « Si vite? Cela tient de la magie. A moins que vous ne soyez pas parvenu à réparer la chaudière? »

Rob avait dit : « J'ai pu la remettre en marche, mais il faut changer une pièce, monsieur. Je m'en chargerai volontiers, si vous voulez. C'est une de ces petites choses qui deviennent toute une affaire si l'on fait appel à une entreprise spécialisée. Je peux me procurer la pièce pour deux dollars. Je le ferai avec plaisir. »

Harmon était bien entendu tombé dans le panneau, sans doute trop content d'économiser un peu d'argent. Et Rob était revenu le lendemain et le surlendemain. Harmon l'avait prévenu que sa femme était très nerveuse et avait besoin de beaucoup de repos et il l'avait prié de ne pas la déranger. Mais Rob ne l'avait pas trouvée si nerveuse que ça. Timide, peut-être, apeurée. Il l'avait fait parler. Elle avait eu une dépression nerveuse après la mort de sa mère. « J'ai été terriblement abattue, avait-elle dit. Mais je vais beaucoup mieux à présent. J'ai même cessé de prendre la plupart de mes médicaments. Mon mari l'ignore. Il serait probablement contrarié. Mais je me sens mieux lorsque je n'en prends pas. »

Rob lui avait dit qu'il la trouvait jolie, pour tâter le terrain, flairant qu'elle était le genre de fille à marcher. Il semblait évident qu'elle s'ennuyait ferme avec le vieil Harmon. Il lui avait suggéré de sortir un peu. « Mon mari n'est pas très mondain, avait-elle répliqué. Il n'a plus envie de voir des gens à la fin de la journée – surtout après avoir eu affaire à tous ses étudiants. »

C'est à ce moment-là qu'il s'était décidé à lui faire du gringue.

Rob possédait un alibi en béton pour le matin de la disparition des enfants Harmon. Il assistait à un cours où n'étaient présents que six étudiants. Mais le procureur l'avait prévenu qu'à la moindre preuve lui permettant de l'accuser de complicité, il se ferait un plaisir de l'inculper. Rob avait consulté un avocat. Pris de panique, il voulait éviter que le procureur ne se mît à fouiller dans son passé et n'y découvrît une condamnation pour une affaire de recherche de paternité à Cooperstown. L'avocat lui avait conseillé de prendre l'attitude de l'étudiant respectueux envers un éminent professeur, soucieux de lui rendre service, attentif à ne pas importuner sa femme, bien que celle-ci n'eût cessé de tourner autour de lui; il lui avait suggéré de déclarer qu'il n'avait pas pris Nancy au sérieux en l'entendant dire que les enfants allaient être étouffés, qu'en fait elle lui avait seulement paru nerveuse et malade, telle que le professeur l'avait décrite...

Mais à la barre, les choses s'étaient déroulées différemment. « Etiez-vous attiré par cette jeune femme? » avait demandé le procureur d'une voix doucereuse.

Rob avait regardé Nancy assise sur le banc des accusés près de son avocat; elle fixait sur lui un regard sans expression, comme si elle ne le voyait pas. « Ce genre de pensée ne m'est pas venue à l'esprit, monsieur, avait-il répondu. Pour moi, Mme Harmon était l'épouse d'un professeur que j'admirais profondément. Je voulais simplement réparer la chaudière, comme je l'avais proposé, et revenir ensuite dans ma chambre. J'avais un exposé à rédiger et, de toute façon, une femme malade avec deux enfants, ce n'est pas précisément mon style. » C'était là-dessus, sur cette malheureuse dernière phrase, que le procureur avait bondi. A la fin de son réquisitoire, il avait laissé Rob ruisselant de sueur.

Oui, il avait entendu dire que la femme du professeur était une belle nana... non, il n'était pas du genre à proposer ses services... oui, il avait eu envie d'aller voir à quoi elle ressemblait... oui, il lui avait fait du gringue.

« Mais ça n'est pas allé plus loin! s'était écrié Rob à la barre. Avec deux cents étudiantes sur le campus, pourquoi aller chercher des complications? » Puis il avait avoué avoir dit à Nancy qu'elle l'excitait et qu'il aimerait bien la culbuter.

Le procureur l'avait toisé avec mépris avant de lire dans le dossier l'extrait concernant les circonstances au cours desquelles Rob avait été rossé par un mari fou furieux – cette vieille histoire de reconnaissance de paternité à Cooperstown.

Le procureur avait déclaré : « Ce coureur de jupons n'avait pas la moindre intention de rendre un service. Il s'est introduit dans cette maison dans le seul but de reluquer une belle jeune femme dont il avait entendu parler. Il lui a fait des avances. Elle a marché au-delà de ses espérances les plus folles. Mesdames et messieurs les jurés, je ne dis pas que Rob Legler a participé au projet d'assassinat des enfants de Nancy Harmon. Légalement du moins, il ne l'a pas fait. Mais je suis convaincu que moralement, devant Dieu, il est coupable. Il a laissé cette jeune femme ingrate et crédule croire qu'il la culbuterait volontiers – pour employer ses propres termes – si elle était libre, et elle a choisi une liberté contraire à tous les instincts de l'humanité. Elle a tué ses enfants pour se libérer d'eux. »

Après la condamnation à mort de Nancy, le professeur Harmon s'était suicidé. Il s'était rendu en voiture sur la plage même où l'on avait retrouvé ses enfants et il avait abandonné le véhicule au bord de l'eau. Sur un billet fixé au volant, il s'accusait de tout. Il aurait dû se rendre compte que sa femme était réellement malade. Il n'aurait pas dû lui laisser les enfants. Il était responsable de leur mort et de l'acte qu'elle avait commis. « Je me suis pris pour Dieu, avait-il écrit. Je l'aimais si profondément que je me suis cru capable de la soigner. J'ai pensé que le fait d'avoir des enfants lui ferait oublier le chagrin causé par la mort de sa mère. J'ai cru qu'être aimée et choyée la guérirait, mais je me suis trompé; j'ai été dépassé. Pardonne-moi, Nancy. »

Personne n'avait applaudi lorsque la cour avait annulé la décision du jury. Le jugement avait été cassé par la faute de deux femmes du jury surprises en train de commenter l'affaire Harmon dans un bar, au beau milieu du procès, et qui affirmaient que Nancy était incontestablement coupable. Mais le temps d'ouvrir une seconde instruction, Rob Legler avait terminé ses études. Appelé sous les drapeaux, il avait reçu sa feuille de route pour le Vietnam et déserté. Sans lui, l'accusation ne pouvait plus rien faire et Nancy était libre. Mais le procureur avait juré de rouvrir le procès dès le jour où il mettrait la main sur Rob Legler.

Durant les années passées au Canada, Rob avait souvent repensé au procès. Quelque chose le tracassait dans toute cette affaire. Pour lui, il ne faisait pas un pli que Nancy Harmon n'était pas une meurtrière. Elle avait été une cible facile pour le tribunal. Harmon ne l'avait pas aidée en s'effondrant à la barre alors qu'il était soi-disant en train de la décrire comme une mère admirable.

Au Canada, Rob était une sorte de vedette aux yeux des objecteurs de conscience de son espèce auxquels il avait parlé de l'affaire Harmon. A leurs questions sur Nancy, il avait répondu qu'elle était drôlement bien roulée..., insinuant qu'il s'en était un peu occupé. Il leur avait montré les coupures de presse du procès et des photos de Nancy.

Il leur avait raconté qu'elle devait posséder pas mal de fric – cent cinquante mille dollars hérités de ses parents d'après les informations données au cours du procès – et que s'il arrivait à la retrouver, il la forcerait à lui filer du pognon pour se tirer en Argentine.

Et la chance lui avait souri. Un de ses copains, Jim

Ellis, qui était au courant du rôle de Rob dans l'affaire Harmon, s'était débrouillé pour rentrer en douce chez lui afin de rendre visite à sa mère, atteinte d'un cancer généralisé. La mère vivait à Boston, mais le F.B.I. surveillant sa maison dans l'espoir d'épingler Jim, elle avait donné rendez-vous à son fils dans un bungalow loué sur le lac Maushop. De retour au Canada, Jim laissa éclater la nouvelle : Rob aimerait-il savoir où trouver Nancy Harmon?

Rob ne fut convaincu qu'après avoir vu la photo que Jimmy était parvenu à prendre de Nancy sur la plage. Impossible de ne pas la reconnaître. Jim avait fait quelques petites recherches du même coup; il s'était renseigné. Il avait appris que le mari jouissait d'une belle situation. Les deux jeunes gens montèrent rapidement un coup. Rob irait voir Nancy; il lui promettrait de partir en Argentine et qu'elle n'entendrait plus jamais parler de lui comme témoin à charge si elle lui donnait cinquante mille dollars. Rob s'était dit qu'elle marcherait, surtout étant mariée et mère d'autres enfants. C'était peu cher payer l'assurance d'être à jamais débarrassée de la menace de se retrouver un jour traînée devant un tribunal en Californie.

Jim réclamait vingt pour cent pour sa part. Pendant que Rob rencontrerait Nancy, il s'occuperait des faux passeports, des papiers d'identité et des réservations pour l'Argentine. C'était possible en y mettant le prix.

Ils établirent minutieusement leur plan. Rob s'arrangea pour emprunter une voiture à un étudiant américain venu poursuivre ses études au Canada. Il se rasa la barbe et coupa ses cheveux pour le voyage. Selon Jim, dès l'instant où vous ressemblez à un hippie, tous les putains de flics de ces villes minables de la Nouvelle-Angleterre se tiennent prêts à vous alpaguer au radar.

Rob résolut de conduire d'une seule traite à partir d'Halifax. Moins il passerait de temps aux Etats-Unis, plus il éliminerait les risques de se faire piquer. Il prévit d'arriver au Cape tôt dans la matinée. Jim s'était renseigné : le mari de Nancy ouvrait son agence vers neuf heures trente. Rob se rendrait chez elle vers dix heures. Jim avait tracé un plan de la rue où elle habitait, y compris l'allée qui coupait à travers bois. Il pourrait y planquer la voiture.

Il lui restait peu d'essence en atteignant le Cape. C'est pourquoi il dut s'arrêter à Hyannis pour faire le plein. Jim lui avait dit qu'il y avait beaucoup de touristes dans cette région, même hors saison. Il aurait moins de chances de se faire remarquer. Il s'était senti nerveux durant toute la durée du voyage, hésitant à proposer son marché à Nancy et à son mari à la fois. Ce dernier saurait forcément qu'elle avait tiré une telle somme en liquide. Mais si jamais il appelait les flics ? Rob serait condamné pour désertion et chantage. Non, c'était préférable de parler à Nancy toute seule. Elle n'avait sûrement pas oublié ses séances au banc des accusés.

Le pompiste de la station-service se montra très serviable. De lui-même, il vérifia le niveau d'huile, nettoya les vitres et contrôla la pression des pneus. C'est la raison pour laquelle Rob ne se méfia pas. Au moment où il payait, le pompiste lui demanda s'il venait pour la pêche. Rob bredouilla alors qu'il s'agissait plutôt de chasse – il se rendait à Adams Port pour y rencontrer une ancienne petite amie qui ne serait peut-être pas ravie de sa visite. Puis, maudissant son bavardage, il fonça à toute allure, s'arrêtant juste dans un bistrot pour avaler un petit déjeuner.

Il arriva à Adams Port à dix heures moins le quart. En roulant lentement et en suivant le plan dessiné par Jim, il réussit vite à repérer les lieux. Il faillit pourtant rater le chemin de terre qui menait dans les bois derrière la propriété. Il s'en aperçut après avoir ralenti pour laisser passer le vieux break Ford qui en sortait. Il fit ensuite marche arrière, s'engagea sur le chemin, gara la voiture et se dirigea vers la porte de derrière de la maison de Nancy. Il la vit alors sortir en courant comme une folle, hurlant ces noms, Peter, Lisa, les noms des enfants qui étaient morts. Il la suivit dans les bois jusqu'au lac et la vit se jeter dans l'eau. Il s'apprêtait à se précipiter vers elle lorsqu'elle se traîna hors de l'eau, s'affaissa sur la plage. Il aurait juré qu'elle regardait dans sa direction. Il n'était pas certain qu'elle le voyait, mais une chose était sûre, il lui fallait déguerpir d'ici. Il ignorait ce qui se passait, mais il ne voulait pas s'y trouver mêlé.

De retour dans la voiture, il retrouva son sang-froid. Peut-être s'était-elle mise à boire? Si elle était encore obsédée par ses gosses morts, elle ne laisserait pas échapper sa seule chance d'éliminer à jamais la menace d'un nouveau procès. Il décida de prendre une chambre dans un motel à Adams Port et de tenter de revoir Nancy le lendemain.

Dès qu'il arriva au motel, Rob se coucha et s'endormit. Il se réveilla tard dans l'après-midi et alluma la télévision pour écouter les informations. L'image devint nette au moment où il apparaissait sur l'écran et où une voix le décrivait comme le témoin disparu du procès Harmon. Atterré, Rob écouta le présentateur récapituler les faits concernant la disparition des enfants Eldredge. Pour la première fois de sa vie, il se sentit piégé. La barbe rasée et les cheveux courts, il ressemblait en tout point à la photo.

Si Nancy Eldredge avait effectivement tué ses nouveaux enfants, personne ne croirait qu'il n'avait rien à voir dans cette histoire. Cela venait sans doute de se produire juste avant son arrivée au Cape. Rob se rappela le vieux break qui était sorti du chemin avant qu'il ne s'y engageât lui-même. Plaque d'immatriculation du Massachusetts, les premiers numéros : 8-6... un gros type au volant.

Mais il ne pourrait pas y faire allusion si on l'arrêtait. Impossible d'avouer qu'il s'était rendu chez les Eldredge ce matin. Qui le croirait s'il disait la vérité? Son instinct de préservation le poussa à quitter Cape Cod au plus vite; et pas question de s'en aller dans une Dodge rouge vif que tous les flics de la région devaient rechercher.

Il fourra ses affaires dans son sac et se glissa par la porte de derrière du motel. Une Coccinelle était garée dans le parking près de la Dodge. Par la fenêtre, Rob avait remarqué le couple qui en était sorti. Ils étaient entrés dans le motel une minute avant qu'il ne prît les nouvelles à la télévision. A son avis, ils en avaient bien pour deux bonnes heures. Qui d'autre irait braver la pluie et le vent?

Rob ouvrit le capot du moteur de la Volkswagen, brancha deux fils et s'éloigna au volant de la voiture. Il s'engagea sur la nationale 6 A en direction du pont. Avec un peu de chance, il aurait quitté le Cape dans une demi-heure.

Six minutes plus tard, il brûla un feu rouge. Trente secondes après, il jeta un coup d'œil dans le rétroviseur et vit s'y refléter un gyrophare rouge. Une voiture de police le suivait. Pendant un instant, il songea à se rendre, puis le désir irrésistible de se sortir du pétrin le submergea. Dans un virage il ouvrit la portière, coinça l'accélérateur avec sa valise et sauta. Il disparaissait dans les bois derrière les imposantes maisons coloniales lorsque la voiture de police, dont les sirènes s'étaient mises à hurler, se lança à la poursuite de la Volkswagen qui zigzaguait dangereusement sur la route.

En se précipitant dans l'escalier, Michael était certain que M. Parrish allait le rattraper. Mais lorsqu'il entendit le fracas épouvantable signifiant que l'homme avait dégringolé les marches, il sut qu'il ne devait faire aucun bruit s'il voulait lui échapper. Il se souvint de l'époque où maman avait fait enlever la moquette de l'escalier à la maison. « A présent, les enfants, nous allons inventer un nouveau jeu pendant que les marches sont à nu, avait-elle dit. Cela s'appelle marcher à pas de velours. » Michael et Missy s'étaient beaucoup amusés à se couler le long de la rampe sur la pointe des pieds. Ils étaient devenus si habiles qu'ils se glissaient en bas de l'escalier sans faire de bruit pour se faire peur. Aujourd'hui, du même pas feutré, Michael se glissa jusqu'au rez-de-chaussée. Il entendit M. Parrish l'appeler, crier qu'il allait le retrouver.

Il savait qu'il devait sortir de cette maison. Il devait s'élancer sur le chemin tortueux jusqu'à la grande route menant au supermarché Wiggins. Michael ignorait encore s'il choisirait d'entrer dans le magasin ou s'il le dépasserait pour traverser la nationale 6 A et courir jusqu'à la maison. Il devait aller chercher papa et le ramener ici pour sauver Missy.

Hier, au supermarché Wiggins, il avait dit à papa qu'il n'aimait pas M. Parrish. Maintenant, il avait peur de lui. Il sentait l'effroi lui serrer la gorge tandis qu'il courait dans cette maison obscure. M. Parrish était un méchant homme. Voilà pourquoi il les avait ligotés et cachés dans le placard. Voilà pourquoi Missy était si terrifiée qu'elle ne pouvait pas se réveiller. Michael avait voulu toucher sa petite sœur dans le placard. Il savait qu'elle avait peur. Mais il n'était pas parvenu à libérer ses mains. Il avait entendu la voix de tante Dorothy de l'intérieur du placard, mais elle n'avait pas demandé à les voir. Elle se trouvait juste là, et elle n'avait pas deviné leur présence. Il en voulait beaucoup à tante Dorothy de n'avoir pas deviné qu'ils avaient besoin d'elle. Elle aurait dû le savoir.

Il faisait de plus en plus sombre. On n'y voyait presque rien. En bas des escaliers, Michael regarda autour de lui, hésitant, puis fonça vers l'arrière de la maison. Il se retrouva dans la cuisine. La porte qui donnait sur l'extérieur était devant lui. Il se précipita vers elle, tendit la main... Au moment où il s'apprêtait à tourner la poignée, il entendit les pas se rapprocher. M. Parrish. Michael sentit ses genoux trembler. Si la porte était fermée à clef, M. Parrish allait l'attraper. Rapidement, sans faire de bruit, le petit garçon se précipita vers l'autre porte de la cuisine, traversa l'entrée et pénétra dans le petit salon du fond. Il entendit M. Parrish verrouiller la porte de la cuisine. Il l'entendit tirer la chaise. La lumière s'alluma dans la cuisine et Michael se cacha derrière le gros canapé capitonné. Sans faire de bruit, il se fit tout petit dans l'espace compris entre le siège et le mur. La poussière du canapé lui chatouilla le nez. Il eut envie d'éternuer. La lumière s'éteignit brusquement dans la cuisine et dans le couloir et la maison se trouva plongée dans l'obscurité. Michael entendit M. Parrish marcher, craquer une allumette.

Un moment plus tard, une lueur rougeâtre éclaira la cuisine et il entendit M. Parrish appeler : « Tout va bien, Michael. Je ne suis plus fâché. Sors, Michael. Je vais te ramener à ta maman. »

20

JOHN KRAGOPOULOS avait prévu de regagner New York d'une traite après avoir quitté Dorothy, mais une impression de lassitude, jointe à une migraine lancinante, lui rendit insurmontable la perspective de faire cinq heures de route. C'était à cause de ce temps abominable, sans doute, et du désarroi dans lequel l'avait plongé le profond désespoir de Dorothy. Elle lui avait montré la photo qu'elle gardait toujours dans son sac à main, et la pensée de ces beaux enfants entre les mains d'un désaxé lui soulevait le cœur.

Mais quelle idée insensée, songea-t-il. Pourquoi les enfants ne se seraient-ils pas tout simplement perdus? Qui pourrait faire du mal à un enfant? John revit ses deux fils jumeaux de vingt-huit ans – l'un pilote de l'armée de l'Air, l'autre architecte. Deux jeunes gens magnifiques. L'orgueil de leur père. Ils vivraient longtemps après que leur mère et lui-même auraient disparu. Ils faisaient partie de son immortalité. S'il les avait perdus lorsqu'ils étaient petits...

Il roulait sur la nationale 6 A en direction du continent. Devant lui sur la droite, un peu en retrait de la route, se détachait un restaurant à l'aspect plaisant. L'enseigne lumineuse, *L'Etape*, ressemblait à un fanal de bienvenue dans cet après-midi désolé. Instinctivement, John quitta la route et s'engagea dans le parking. Il s'aperçut qu'il était près de quinze heures et qu'il avait à peine avalé une tasse de café et un toast depuis ce matin. Le mauvais temps l'avait forcé à rouler si doucement depuis New York qu'il avait dû sauter l'heure du déjeuner.

Il jugea raisonnable de prendre un repas convenable avant de se remettre en route. D'autre part, il lui parut judicieux de chercher à faire parler le personnel d'un restaurant important dans la région où il envisageait de s'installer. Il pourrait ainsi recueillir quelques renseignements utiles sur les possibilités de faire des affaires par ici. Inconsciemment, il trouva l'intérieur rustique de l'établissement à son goût et se dirigea droit vers le bar. Il n'y avait aucun client, mais ce n'était pas anormal avant dix-sept heures dans une ville comme celle-ci. Il commanda un Chivas Regal avec de la glace; lorsque le barman lui apporta son verre, John lui demanda s'il était possible de manger quelque chose.

« Sans problème. » Le barman avait une quarantaine d'années, des cheveux bruns avec des favoris trop longs. John apprécia autant l'amabilité de sa réponse que la propreté méticuleuse du comptoir. L'homme lui présenta une carte. « Si vous aimez le steak, nous avons un contre-filet de premier ordre, proposa-t-il. En temps normal, le restaurant est fermé entre quatorze heures trente et dix-sept heures, mais si vous ne voyez pas d'inconvénient à déjeuner au bar...

– Ce sera parfait. » John commanda rapidement un steak saignant et une salade verte. Le Chivas le réchauffa et il se sentit un peu moins déprimé. « Vous préparez très bien les drinks », dit-il.

Le barman sourit. « Doser la glace demande un certain savoir-faire, dit-il.

– Je suis du métier. Vous voyez ce que je veux dire. » John résolut de parler ouvertement. « Je songe à acheter cette propriété que l'on appelle la maison du Guet pour en faire un restaurant. Qu'en pensez-vous, à première vue? »

L'autre hocha énergiquement la tête. « C'est valable. Du moins pour un restaurant de luxe. Les affaires marchent bien ici, mais c'est le tout-venant. Familles avec enfants. Vieilles dames en pension de famille. Touristes qui se rendent à la plage ou dans les boutiques d'antiquaires. Le restaurant ici est en plein milieu du trafic routier. Mais un endroit comme la maison du Guet, avec vue sur la baie... Une bonne ambiance, une bonne carte, une bonne cave... vous pouvez faire payer le maximum et ça ne désemplira pas.

– C'est mon impression.

– Bien sûr, si j'étais vous, je me débarrasserais de ce drôle de coco qui loge au dernier étage.

– Je m'interrogeais à son sujet. Il m'a paru plutôt bizarre.

– Eh bien, il débarque toujours dans la région à cette époque, soi-disant pour la pêche. Je le sais par Ray Eldredge. Un chic type, Ray Eldredge. Ce sont ses enfants qui ont disparu.

– J'en ai entendu parler.

– Quel malheur! De si gentils petits. Ray et Mme Eldredge les amènent ici de temps en temps. Jolie fille, la femme de Ray. Mais, pour en revenir à ce que je disais, je ne suis pas de la région. J'ai quitté ma place de barman à New York il y a dix ans, après avoir été agressé pour la troisième fois dans la rue en rentrant tard le soir chez moi. Mais j'ai toujours été un dingue de la pêche. C'est probablement pourquoi je me suis retrouvé dans ce coin. Et un jour, il y a juste quelques semaines, ce gros type entre ici et commande un verre. Je le reconnais, alors j'essaie de détendre l'atmosphère, d'amener le gars à se laisser aller, histoire de bavarder, et je lui demande si c'est pour le passage des *blues* [1] qu'il vient dans le pays en septembre. Savez-vous ce que m'a répondu cet abruti? »

John attendit.

« Rien. Néant. Zéro. Il est resté sec. » Le barman se

1. *Blue (blue fish)* : poisson très apprécié sur la côte Est ressemblant au loup de mer. (*N.d.T.*)

154

campa, les mains sur les hanches. « Vous le croyez, vous, qu'on peut venir depuis sept ans au Cape pour la pêche et ne pas savoir de quoi je parle ? »

On apporta le steak. John se mit à manger avec appétit. C'était délicieux. La saveur exquise de la viande de premier choix et la chaleur stimulante de l'alcool l'aidèrent à se détendre et il se mit à penser à la maison du Guet.

Les propos du barman venaient de renforcer sa décision de faire une offre d'achat.

La visite de la maison lui avait plu. Ce n'est qu'en atteignant le dernier étage qu'il avait commencé à se sentir mal à l'aise. C'est ça. Il s'était senti mal à l'aise dans l'appartement du locataire, M. Parrish.

John termina pensivement son steak et paya sa note presque machinalement, sans oublier de donner un pourboire généreux au barman. Remontant le col de son manteau, il quitta le restaurant et se dirigea vers sa voiture. Il n'avait plus qu'à tourner à droite et à filer en direction du continent maintenant. Mais il resta assis devant son volant, indécis. Que lui arrivait-il ? C'était absurde. Quelle impulsion insensée le poussait à retourner à la maison du Guet ?

Courtney Parrish s'était montré très agité tout à l'heure. John avait acquis dans son métier une trop grande expérience pour ne pas reconnaître sur-le-champ des signes de nervosité chez quelqu'un. Cet homme était inquiet... terriblement impatient de les voir partir. Pourquoi ? Une odeur à la fois forte et aigre-douce de transpiration se dégageait de lui. L'odeur de la peur... mais peur de quoi ? Et cette longue-vue ? Parrish s'était précipité pour la pointer dans une autre direction en voyant John s'en approcher. John se souvint qu'il avait eu le temps d'apercevoir les voitures de police autour de la maison en replaçant l'instrument dans sa position initiale. Une longue-vue d'un grossissement exceptionnel. Dirigée vers l'intérieur des maisons en ville, elle pouvait devenir entre n'importe quelles mains l'instrument d'un voyeur... d'un maniaque.

Courtney Parrish aurait-il pu regarder à travers la longue-vue au moment où les enfants avaient disparu derrière la maison... voir quelque chose? Mais dans ce cas, il aurait averti la police, bien sûr.

Il faisait froid dans la voiture. John tourna la clef de contact et laissa le moteur tourner avant de mettre le chauffage. Il prit un cigare et l'alluma avec le petit briquet Dunhill en or que lui avait offert sa femme pour son anniversaire; une vraie folie, mais il y tenait énormément. Il tira sur son cigare jusqu'à ce que le bout devînt incandescent.

Il était stupide. Stupide et soupçonneux. Que faire? Téléphoner à la police, leur dire qu'un homme lui avait paru nerveux et qu'ils devraient aller s'en occuper? Et si jamais ils se rendaient chez lui, Courtney Parrish raconterait probablement : « Je m'apprêtais à prendre un bain et j'ai trouvé déplaisant d'être prévenu si peu de temps à l'avance de cette visite. » Rien à redire. Les gens qui vivaient seuls avaient tendance à s'attacher à leurs habitudes.

Seul. Voilà la question. Voilà ce qui tracassait John. Il avait été surpris de ne trouver personne d'autre que Courtney Parrish dans l'appartement. Il aurait pourtant juré qu'il n'était pas seul.

C'était le jouet d'enfant dans la baignoire. Voilà. C'était cet incroyable canard en caoutchouc. Et l'odeur écœurante de talc pour bébé...

Un soupçon absurde, inexprimable, prit forme dans l'esprit de John Kragopoulos.

Il savait ce qu'il lui restait à faire. Il sortit son briquet en or de sa poche et le cacha dans la boîte à gants de la voiture. Il allait retourner à la maison du Guet à l'improviste. Lorsque Courtney Parrish viendrait lui ouvrir la porte, il lui demanderait l'autorisation de chercher son briquet qu'il pensait avoir laissé tomber en visitant la maison. C'était une excuse plausible. Elle lui donnerait l'occasion d'inspecter

attentivement les lieux et lui permettrait soit de dissiper un soupçon grotesque, soit d'avoir un peu plus
qu'un simple soupçon à proposer à la police.

Sa décision prise, John appuya sur l'accélérateur et
fit demi-tour vers la gauche sur la nationale 6 A,
reprenant la direction du centre d'Adams Port et de la
route sinueuse et accidentée qui montait vers la maison du Guet. L'image d'un canard en caoutchouc usé
dansait devant ses yeux tandis qu'il conduisait sous les
rafales ininterrompues de neige fondue.

21

ELLE ne voulait pas se souvenir... Revenir en arrière
était trop triste, trop douloureux. Un jour, alors qu'elle
était toute petite, Nancy avait attrapé le manche d'une
casserole sur la cuisinière. Elle se rappelait encore le
flot écarlate de soupe à la tomate qui s'était répandu
sur elle. Elle était restée à l'hôpital pendant des
semaines et gardait encore des cicatrices sur la poitrine.

...Carl l'avait interrogée à propos de ces cicatrices...
il les avait touchées... « Pauvre petite fille, pauvre
petite fille... » Il aimait lui faire répéter le récit de
l'accident. « Cela t'a-t-il fait très mal? » demandait-
il.

Se souvenir faisait le même effet... Ça faisait mal...
uniquement mal... Ne pas se souvenir... oublier...
oublier... Je ne veux pas me souvenir...

Mais les questions, incessantes, lointaines... sur
Carl... sur sa mère... Lisa... Peter... Et sa propre voix.
Elle parlait. Répondait.

« *Non*, je vous en prie, je ne veux pas en parler.

– Mais il le faut. Vous devez nous aider. » La voix
insistait. Pourquoi? Pourquoi?

« Pourquoi aviez-vous peur de Carl, Nancy? »

Il fallait répondre, ne serait-ce que pour faire cesser
les questions.

Elle entendit sa propre voix, au loin, qui s'efforçait
de répondre... Elle avait l'impression de se regarder

jouer dans une pièce de théâtre... les scènes prenaient forme.

Sa mère... le dîner... la dernière fois qu'elle avait vu sa mère... son visage préoccupé, le regard fixé sur elle, sur Carl. « D'où vient cette robe, Nancy? » Elle aurait juré que sa mère n'aimait pas le vêtement.

La robe en laine blanche. « Je l'ai choisie avec Carl. Tu ne l'aimes pas?

– N'est-elle pas un peu... enfantine? »

Sa mère était allée téléphoner. Au docteur Miles? Nancy l'espérait. Elle désirait que sa mère fût heureuse... Peut-être devrait-elle revenir à la maison avec elle... Peut-être cesserait-elle alors de se sentir si fatiguée. En avait-elle parlé à Carl?

Carl s'était levé de table. « Excuse-moi, chérie... » Sa mère était revenue avant lui.

« Nancy, il faut que nous ayons une conversation toutes les deux demain... lorsque nous serons seules. Je viendrai te chercher pour le petit déjeuner. »

Carl était revenu.

Et sa mère... l'embrassant sur la joue... « Bonsoir, chérie. A demain huit heures. » Sa mère montant dans la voiture de location, faisant un signe de la main, s'éloignant sur la route...

Carl l'avait raccompagnée au collège. « Je crains que ta mère ne me regarde pas encore d'un très bon œil, chérie. »

L'appel téléphonique... Il est arrivé un accident... la direction de la voiture.

Carl... « Je m'occuperai de toi, ma petite fille... »

L'enterrement.

Le mariage. Une mariée devait s'habiller en blanc. Nancy porterait la robe en laine blanche. Elle serait tout à fait appropriée pour se rendre à la mairie.

Mais elle ne pouvait pas la porter.... il y avait une tache de graisse à l'épaule... « Carl, comment ai-je pu faire une tache de graisse sur cette robe? Je ne l'ai mise que pour le dîner avec maman.

– Je vais la faire nettoyer. » Sa main, familière, qui lui caressait l'épaule.

« Non... non... non... »

La voix. « Qu'y a-t-il, Nancy?

– Je ne sais pas... je ne suis pas sûre... j'ai peur...

– Peur de Carl?

– Non... il est gentil avec moi... je suis si fatiguée... toujours si fatiguée... Avale ton médicament... Tu iras mieux... Les enfants... Peter et Lisa... Tout allait bien au début... Carl était gentil... S'il te plaît, Carl, ferme la porte... Je t'en prie, Carl, je n'aime pas ça... Ne me touche pas comme ça... Laisse-moi tranquille...

– Qu'est-ce que vous n'aimiez pas, Nancy?

– *Non*... Je ne veux pas en parler.

– Carl se montrait-il gentil avec les enfants?

– Il les forçait à obéir... Il voulait qu'ils soient sages... Peter avait peur de lui... et Lisa... Ainsi, ma petite fille a une petite fille...

– C'est ce que Carl a dit?

– Oui. Il ne me touche plus... je suis contente... Mais je ne veux plus prendre de médicament après le dîner... Je suis trop fatiguée... il y a quelque chose d'anormal... je dois m'en aller. Les enfants... fuir...

– Fuir Carl?

– Je ne suis pas malade... Carl est malade...

– En quoi vous paraît-il malade, Nancy?

– Je ne sais pas.

– Nancy, parlez-nous du jour où Lisa et Peter ont disparu. De quoi vous souvenez-vous?

– Carl est en colère.

– Pourquoi est-il en colère?

– Le médicament... hier soir... Il m'a vue le jeter... Il en a remis... m'a forcée à le boire... Je suis si fatiguée... j'ai tellement sommeil... Lisa pleure... Carl... avec elle... il faut que je me lève... que j'aille auprès d'elle... Elle pleure si fort... Carl lui a donné une fessée... il a dit qu'elle avait mouillé son lit... Je dois emmener Lisa loin d'ici... Demain matin... Mon anniversaire... Je dirai à Carl...

– Que lui direz-vous?

– Il sait... il se doute.

– Il se doute de quoi, Nancy?

– Je vais m'en aller... emmener les enfants... Il faut que je m'en aille...

– N'aimiez-vous pas Carl, Nancy?

– Je devrais l'aimer. Il a dit : Heureux anniversaire... Lisa est si sage... Je lui ai promis que nous ferions un gâteau pour mon anniversaire... Elle, Peter et moi... Nous irions acheter des bougies et du chocolat. Il fait mauvais temps... il commence à pleuvoir... Lisa va peut-être attraper froid...

– Carl s'était-il rendu à ses cours ce jour-là?

– Oui... Il a téléphoné... J'ai dit que nous avions l'intention d'aller au centre commercial... qu'ensuite je passerais chez le médecin pour faire examiner Lisa... J'étais inquiète. J'ai dit que nous sortirions à onze heures... après le programme pour les enfants à la télévision.

– Comment Carl a-t-il réagi en apprenant que vous étiez inquiète au sujet de Lisa?

– Il a dit qu'il faisait froid... que Lisa ne devait pas sortir si elle avait un rhume... J'ai dit qu'ils m'attendraient dans la voiture pendant que je ferais les courses... Ils voulaient préparer le gâteau avec moi... Ils étaient tout excités à l'idée de fêter mon anniversaire. Ils n'avaient jamais l'occasion de s'amuser. Je n'aurais pas dû laisser Carl se montrer si sévère... c'est ma faute... Je vais parler au docteur... je dois lui demander son avis... pour Lisa... Pour moi... Pourquoi dois-je prendre tant de médicaments?... Rob faisait rire les enfants... Ils étaient si différents en sa présence... Les enfants sont faits pour rire...

– Etiez-vous amoureuse de Rob, Nancy?

– Non... J'étais enfermée... je devais m'échapper... j'avais envie de parler à quelqu'un... Rob a raconté ce que je lui avais dit... Ce n'était pas comme ça... pas comme ça... » La voix de Nancy devint plus aiguë.

Lendon prit un ton apaisant. « Donc, vous avez

emmené les enfants au centre commercial à onze heures?

– Oui. Il pleut... J'ai dit aux enfants de rester dans la voiture... Ils ont promis... des enfants si sages... Je les ai laissés sur le siège arrière... Je ne les ai jamais revus... jamais... jamais...

– Nancy, y avait-il beaucoup de voitures dans le parking?

– Non... Je n'ai rencontré personne dans le magasin... Tellement de vent... si froid... peu de monde...

– Combien de temps êtes-vous restée dans le centre commercial?

– Pas longtemps... dix minutes... Je n'arrivais pas à trouver les bougies d'anniversaire... Dix minutes... Je suis revenue en courant vers la voiture... Plus d'enfants. » Sa voix avait un accent incrédule.

« Qu'avez-vous fait, Nancy?

– Je ne sais pas quoi faire... Peut-être sont-ils allés m'acheter un cadeau... Peter a de l'argent... Ils ne seraient pas sortis de la voiture sinon... Ils sont si sages... Ils ont dû sortir pour ça... pour m'acheter un cadeau... Peut-être dans un autre magasin... Chercher au Prisunic... à la confiserie... à la boutique de cadeaux... à la droguerie... Retourner à la voiture. Chercher, chercher les enfants...

– Avez-vous demandé à quelqu'un si on les avait vus?

– Non... Il ne faut pas que Carl sache... Il sera furieux... Je ne veux pas qu'il punisse les enfants...

– Ainsi, vous avez cherché dans tous les magasins du centre commercial?

– Ils ont peut-être voulu venir à ma rencontre... et ils se sont perdus... Ils ont cherché dans le parking... peut-être n'ont-ils pas pu retrouver la voiture... Je commence à les appeler... J'ai peur... Quelqu'un veut avertir la police et mon mari... J'ai dit : Ne prévenez pas mon mari, je vous en supplie... Une femme l'a répété au procès... Je ne voulais pas que Carl se mît en colère, c'est tout...

162

– Pourquoi ne l'avez-vous pas dit à l'audience?

– Il ne fallait pas... L'avocat m'a recommandé : Ne racontez pas que Carl était en colère... Ne racontez pas que vous vous étiez disputés au téléphone... Lisa n'avait pas mouillé son lit... les draps étaient secs...

– Que voulez-vous dire?

– Les draps étaient secs... Pourquoi Carl lui a-t-il fait du mal? Pourquoi? Cela n'a pas d'importance... Rien n'a d'importance... Les enfants ont disparu... Michael... Missy, disparus aussi... Aller les chercher... Je dois aller les chercher...

– Racontez-nous comment vous avez cherché les enfants ce matin.

– Je dois chercher du côté du lac... Peut-être sont-ils allés au bord du lac... Peut-être sont-ils tombés dans l'eau... Vite, vite... Il y a quelque chose dans le lac... quelque chose au fond de l'eau...

– Qu'y avait-il au fond de l'eau, Nancy?

– Du rouge. Quelque chose de rouge... Peut-être est-ce la moufle de Missy. Je dois l'attraper... L'eau est si froide... Je ne peux pas l'attraper... Ce n'est pas une moufle... C'est froid, froid...

– Qu'avez-vous fait?

– Les enfants ne sont pas là... Sortir... sortir de l'eau... C'est si froid... la plage... Je suis tombée sur le sable... Il était là... dans les bois... il me regardait... Je l'ai vu... en train de me regarder... »

Jed Coffin se redressa. Ray bondit brusquement en avant. Lendon leva une main en signe d'avertissement. « Qui était là, Nancy? demanda-t-il. Dites-nous qui était là?

– Un homme... Je le connais... C'était... c'était... Rob Legler... Rob Legler était là... Il se cachait... il me regardait. » Sa voix monta, puis se brisa. Elle battit des paupières, ferma les yeux lentement. Ray blêmit. Dorothy retint sa respiration. Ainsi les deux cas étaient liés.

« L'effet du Penthotal est sur le point de se dissiper.

Elle va bientôt revenir à elle. » Lendon se redressa. Une crampe au mollet et aux cuisses le fit grimacer.

« Docteur, puis-je vous entretenir un instant, vous et Jonathan? » Jed avait pris un ton neutre.

« Ne la quittez pas, Ray, conseilla Lendon. Elle risque de se réveiller d'un instant à l'autre. »

Une fois dans la salle à manger, Jed se retourna vers Lendon et Jonathan. « Docteur, combien de temps cette comédie va-t-elle encore durer? » Sa physionomie était impénétrable.

« Je pense qu'il est inutile de questionner Nancy davantage. Avec tout ça, nous avons seulement appris qu'elle avait peur de son mari, qu'elle ne l'aimait manifestement pas et que Rob Legler s'est peut-être trouvé ce matin dans les environs du lac. »

Lendon le fusilla du regard. « Bon sang, n'avez-vous pas entendu ce que disait cette femme? Ne comprenez-vous pas le sens de ce que vous écoutiez?

– Je comprends seulement que je n'ai pas entendu une seule chose susceptible de m'aider à remplir ma mission qui est de retrouver les enfants Eldredge. J'ai entendu Nancy Eldredge se croire responsable de la mort de sa mère, réaction naturelle de la part d'un enfant dont l'un des parents meurt en venant lui rendre visite à son collège. Son comportement envers son mari semble tenir de l'hystérie. Elle rejette sur lui la responsabilité d'avoir voulu le quitter.

– Quelle est votre opinion sur Carl Harmon?

– C'est un de ces types possessifs qui épousent une fille plus jeune qu'eux et veulent la dominer. Bon Dieu, la moitié des hommes du Cape lui ressemblent. Je peux vous citer des exemples de maris qui ne donnent pas un rond à leur femme en dehors de l'argent du ménage. J'en connais un qui ne laisse pas sa femme conduire la voiture. Un autre qui ne permet pas à la sienne de sortir seule le soir. Ce genre de situation se retrouve dans le monde entier. C'est peut-être ce qui donne à toute cette bande du Mouvement de libération des femmes des raisons de rouspéter.

– Commissaire, savez-vous ce que l'on entend par pédophilie? » demanda Lendon du même ton calme.

Jonathan hocha la tête. « C'est bien ce que je pensais », dit-il.

Lendon ne laissa pas à Jed le temps de répondre. « En termes juridiques, c'est une déviation sexuelle comprenant tout commerce charnel avec un enfant n'ayant pas encore atteint l'âge de la puberté.

– En quoi cela correspond-il avec notre affaire?

– Cela ne correspond pas... pas complètement. Nancy avait dix-huit ans lorsqu'elle s'est mariée. Mais elle avait l'air d'une enfant. Commissaire, n'avez-vous aucun moyen de faire des recherches sur le passé de Carl Harmon? »

Jed Coffin eut l'air interdit. Lorsqu'il répondit, ce fut d'une voix frémissante de rage contenue. Il désigna la neige fondue qui martelait sans répit la fenêtre. « Docteur, dit-il, vous voyez et vous entendez ça? Quelque part dehors, il y a deux gosses perdus en train de crever de froid ou pris entre les pattes de Dieu sait quel cinglé, et peut-être même sont-ils morts. Mais c'est mon boulot de les retrouver, et de les retrouver maintenant. Nous avons une seule piste pour ça. C'est que Nancy Eldredge et un pompiste ont tous les deux reconnu Rob Legler, personnage assez peu recommandable, dans le voisinage. Voilà le genre d'information dont je peux tirer quelque chose. » Il crachait ses mots d'une voix pleine de mépris. « Et vous me demandez de perdre mon temps à faire des recherches sur un homme mort afin de démontrer une hypothèse complètement loufoque! »

Le téléphone sonna. Bernie Mills, qui se tenait discrètement dans un coin de la pièce, se précipita pour aller répondre. Les voilà qui parlaient de faire des recherches sur le premier mari de Nancy, à présent. Il allait raconter ça à Jane. Il souleva promptement l'appareil. C'était le commissariat de police.

« Passez-moi le commissaire », aboya le sergent Poler.

Sous le regard de Lendon et de Jonathan, le commissaire Coffin écouta, posa de brèves questions : « Depuis quand? Où? »

Les deux hommes se regardèrent sans rien dire. Lendon se surprit en train de prier, implorant à mots inarticulés, fervents : *Faites qu'il ne s'agisse pas de mauvaises nouvelles des enfants!*

Jed raccrocha brutalement le récepteur et se tourna vers eux. « On a repéré Rob Legler en ville dans le motel d'Adams Port ce matin vers dix heures trente. Une voiture qu'il a sans doute volée vient d'être accidentée sur la nationale 6 A, mais il s'est enfui. Il se dirige probablement vers le continent. Nous avons placé un dispositif d'alerte générale. Je pars pour diriger les opérations. Je laisse l'agent Mills ici. Nous allons épingler ce Legler et, dès que nous le tiendrons, nous apprendrons certainement ce qui est arrivé à ces gosses. »

Une fois la porte refermée sur le commissaire, Jonathan se tourna vers Lendon. « Que pensez-vous de tout cela? » demanda-t-il.

Lendon attendit un long moment avant de répondre. *Je me sens trop impliqué dans cette histoire,* songea-t-il... *Je vois Priscilla au téléphone ce soir-là... en train de m'appeler. Carl Harmon a quitté la table après elle. Où est-il allé? A-t-il surpris ce que Priscilla me disait? Nancy a déclaré que sa robe était tachée de graisse. Que cherchait-elle à dire? Que la main de Carl devait être pleine de graisse et qu'il avait sali sa robe en lui touchant l'épaule? N'essayait-elle pas de dire que Carl Harmon avait peut-être trafiqué la voiture de Priscilla?* Lendon vit se former des images de violence. Mais à quoi bon savoir cela quand Carl Harmon était dans la tombe?

Jonathan dit : « Si vous raisonnez comme moi, revenir sur la disparition des enfants Harmon ne nous sera d'aucun secours. Vous pensez au père?

– Oui.

– Et puisqu'il est mort, nous nous tournons vers Rob Legler, l'homme envoyé par Harmon dans sa maison et le seul témoin dont la déposition condamne Nancy. Peut-on se fier aux déclarations de Nancy sur ce qui s'est passé ce matin alors qu'elle est sous sédatif ? »

Lendon secoua la tête. « Je l'ignore. On sait que certains patients peuvent résister à l'action du Penthotal et dissimuler la vérité. Mais je crois qu'elle a vu – ou cru voir – Rob Legler au bord du lac Maushop. »

Jonathan ajouta : « Et à dix heures trente ce matin, on l'a repéré dans un motel, *seul*. »

Lendon hocha la tête.

Sans dire un mot de plus, les deux hommes se retournèrent et regardèrent par la fenêtre dans la direction du lac.

22

LE journal télévisé de dix-sept heures donna un bref aperçu de la crise au Moyen-Orient, de la montée de l'inflation, de la menace de grèves dans l'industrie automobile et du mauvais classement de l'équipe de base-ball des New England Patriots. Plus d'une demi-heure fut consacrée à la disparition des enfants Eldredge et à la rediffusion du film pris lors de l'incroyable affaire du meurtre Harmon.

Les photos parues dans le *Cape Cod Community News* furent reproduites à l'écran. On attira l'attention des téléspectateurs sur celle de Rob Legler en train de quitter le tribunal de San Francisco avec le professeur Carl Harmon après la condamnation de Nancy Harmon pour le meurtre prémédité de ses enfants.

La voix du présentateur se fit particulièrement insistante lorsque cette photo apparut. « Rob Legler a été formellement reconnu dans le voisinage de la maison des Eldredge ce matin. Si vous croyez avoir vu cet homme, veuillez appeler le numéro spécial suivant : KL 53 800; la vie des enfants Eldredge est peut-être en jeu. Si vous croyez détenir une information susceptible d'aider à trouver la ou les personnes responsables de la disparition des enfants, nous vous prions instamment de téléphoner à ce numéro : KL 53 800. Je répète : KL 53 800. »

Les Wiggins avaient fermé le magasin lorsque l'électricité était tombée en panne et ils étaient rentrés chez eux à temps pour prendre les informations sur leur poste de télévision à piles.

« Ce type me rappelle quelqu'un, dit Mme Wiggins.

— Tu dis toujours ça de toute manière, bougonna son mari.

— Non... pas vraiment. Il y a quelque chose... la façon dont il se penche en avant... En tout cas, il n'a rien de bien séduisant. »

Jack Wiggins dévisagea sa femme. « Je pensais justement que c'était exactement le genre de type à tourner la tête d'une jeune fille.

— Lui? Oh! tu parles du jeune homme. Je parlais de l'autre – le professeur. »

Jack regarda sa femme avec condescendance. « Voilà pourquoi je dis toujours que les femmes ne font pas de bons témoins et ne devraient jamais faire partie d'un jury. Personne ne s'intéresse au professeur Harmon. Il s'est suicidé. Ils parlent de Legler. »

Mme Wiggins se mordit les lèvres. « Je vois. Eh bien, j'espère que tu as raison. C'est seulement... oh! et puis... »

Son mari se leva lourdement. « Le dîner est prêt?

— Oh! dans un moment. Mais c'est difficile de s'intéresser à la cuisine quand on pense aux petits Michael et Missy... Dieu sait où... On aimerait pouvoir les aider. Je ne crois pas un mot de ce qu'ils racontent sur Nancy Eldredge. On ne la voyait pas souvent au magasin, mais lorsqu'elle venait, j'aimais la regarder avec ses enfants. Elle se montrait toujours si gentille – jamais agacée, jamais revêche, comme le sont la moitié de toutes ces jeunes mères. A côté de tout ça, nos petits ennuis paraissent bien dérisoires, tu sais.

— Quels petits ennuis? » Il avait pris un ton sec et soupçonneux.

« Eh bien... » Mme Wiggins se mordit les lèvres. Ils avaient eu un tas de problèmes avec les vols à l'étalage l'été dernier. Le simple fait d'en parler mettait Jack dans tous ses états. C'est pourquoi elle n'avait pas cru nécessaire de lui raconter qu'elle était absolument certaine d'avoir vu M. Parrish voler une grosse boîte de talc pour bébé sur le rayonnage ce matin.

DANS un modeste foyer à proximité de l'église Saint-François-Xavier à Hyannis Port, la famille de Patrick Keeney s'apprêtait à se mettre à table. C'était l'heure des informations et tous les yeux étaient fixés sur le poste portatif installé dans la petite salle à manger bien remplie.

Ellen Keeney secoua la tête en voyant les visages de Michael et Missy Eldredge remplir l'écran. Elle jeta un coup d'œil involontaire à ses propres enfants. Neil et Jimmy, Deirdre et Kit... un... deux... trois.... quatre. Chaque fois qu'elle les emmenait à la plage, c'était la même chose. Elle passait son temps à compter leurs têtes. *Mon Dieu, faites qu'il ne leur arrive rien, je vous en supplie*, priait-elle invariablement.

Ellen se rendait tous les matins à la messe à Saint-François et elle assistait généralement au même office que Mme Rose Kennedy. Elle se souvint des jours qui avaient suivi la mort du président, puis celle de Bobby. Elle revoyait Mme Kennedy entrer dans l'église, le visage creusé par le chagrin, mais calme et paisible. Ellen ne la regardait jamais pendant la messe. Pauvre femme, au moins ici elle avait droit au respect de sa vie privée. Souvent, Mme Kennedy faisait un petit signe de tête en souriant et elle disait parfois « Bonjour » s'il leur arrivait de sortir au même moment de l'église. *Comment fait-elle pour supporter tout cela?* se demandait Ellen. *Où trouve-t-elle la force de le supporter?* Et elle pensait la même chose en ce moment. *Comment Nancy Eldredge peut-elle le supporter?... surtout quand on pense que cela lui arrive pour la seconde fois.*

Le présentateur commentait l'article paru dans le *Community News* – il disait que la police recherchait l'auteur de la lettre. Enregistrant à peine ce qu'il disait, Ellen décréta en elle-même que Nancy n'était pas responsable de la mort de ses enfants. C'était tout simplement impossible. Aucune mère ne tue sa propre chair. Elle vit Pat la regarder et lui sourit vaguement – un sourire qui signifiait : *Nous avons de la chance, mon chéri; nous avons de la chance.*

« Il est devenu drôlement gros », dit Neil.

Interdite, Ellen fixa son aîné. A sept ans, Neil l'inquiétait. Il était si déterminé, tellement imprévisible. Il avait les cheveux blond doré et les yeux gris de Pat. Il était petit pour son âge; elle savait que cela l'ennuyait un peu, et elle le rassurait de temps en temps. « Papa est grand, ton oncle John est grand, et un jour tu le seras toi aussi. » Néanmoins, Neil paraissait le plus jeune de sa classe.

« Qui est devenu gros, chéri? demanda-t-elle distraitement en se détournant pour regarder la télévision.

– Cet homme, celui qui marche devant. C'est lui qui m'a donné le dollar pour aller retirer son courrier à la poste le mois dernier. Souviens-toi, je t'ai montré le billet qu'il avait écrit quand tu n'as pas voulu me croire. »

Ellen et Pat fixèrent leurs yeux sur l'écran. On montrait la photo de Rob Legler sortant du tribunal à la suite de Carl Harmon.

« Neil, tu te trompes. Cet homme est mort depuis longtemps. »

Neil prit l'air vexé. « Ecoute, tu ne me crois jamais. Le jour où tu as voulu que je te raconte comment j'avais obtenu ce dollar, tu ne m'as pas cru non plus. Il est beaucoup plus gros et ses cheveux ont poussé, mais lorsqu'il s'est penché à la fenêtre du break, il avait la tête rentrée dans les épaules, comme cet homme. »

Le présentateur poursuivait : « ... toute information, même si elle vous paraît hors de propos. »

Pat fronça les sourcils.

« Pourquoi tu as l'air en colère? » demanda anxieusement la petite Deirdre du haut de ses cinq ans.

Le visage de Pat se détendit. Neil avait dit : « Comme cet homme. » « Parce que parfois je me rends compte qu'il est difficile d'élever une sacrée petite bande comme la vôtre », répondit-il en passant sa main dans les cheveux courts de la petite fille, heureux de la sentir tout près de lui. « Eteins la télévision, Neil, ordonna-t-il à son fils. Maintenant, les enfants, avant de dire les grâces, nous allons prier Dieu de ramener les enfants Eldredge sains et saufs chez eux. »

Ellen avait l'esprit ailleurs pendant la prière qui suivit. Ils avaient demandé que toute indication leur soit fournie, même si elle semblait hors de propos, et Neil avait reçu ce dollar pour retirer une lettre à la poste centrale. Elle se souvenait exactement du jour : vendredi, il y a quatre semaines. Elle se rappelait la date parce qu'ils devaient dîner de bonne heure à cause d'une réunion de parents d'élèves à l'école et que le retard de Neil l'avait contrariée. Un détail lui revint soudain à la mémoire.

« Neil, est-ce que par hasard tu as gardé le billet que cet homme t'avait remis pour le présenter à la poste? demanda-t-elle. Il me semble t'avoir vu le mettre dans ta tirelire avec le dollar.

— Oui, je l'ai toujours.

— Peux-tu aller le chercher, je te prie? Je voudrais voir le nom qui y est inscrit. »

Pat l'examinait. Lorsque Neil quitta la pièce, il la regarda par-dessus la tête des autres enfants. « Ne me dis pas que tu crois ce qu'il raconte... »

Elle se sentit brusquement ridicule. « Oh, finis de

manger, chéri. Je suppose que je suis juste un peu nerveuse. Ce sont les gens comme moi qui dérangent toujours la police pour rien. Kit, passe-moi ton assiette. Je vais te donner l'entame du pain de viande, comme tu l'aimes. »

24

LES choses tournaient mal. Rien ne marchait comme il l'avait prévu. D'abord, il y avait cette idiote qui s'était pointée ici; puis la petite fille... être obligé d'attendre qu'elle se réveille – si elle se réveillait – pour la sentir se tortiller en essayant de lui échapper. Et ensuite, le garçon qui lui avait filé entre les pattes, qui se cachait. Il devait le retrouver.

Courtney eut l'impression qu'il ne contrôlait plus rien. La sensation de plaisir anticipé s'était transformée en rancœur et en déception. Il ne transpirait plus, mais la sueur collait à ses vêtements, les rendant désagréablement poisseux contre sa peau. Il ne ressentait plus aucune délectation à la pensée des grands yeux bleus du petit garçon, si semblables à ceux de Nancy.

Le gosse était une menace. S'il s'enfuyait, ce serait la fin. Mieux valait en terminer avec ces deux-là; mieux valait agir comme l'autre fois. En un instant, il pouvait leur sceller définitivement les lèvres, les narines et les yeux – et dans quelques heures, lorsque la marée serait haute, jeter leurs corps dans le bouillonnement des vagues. Personne n'en saurait jamais rien. Ensuite, il serait à nouveau en sûreté. Rien ne le menacerait; il pourrait tranquillement jouir du tourment de Nancy.

Et demain soir, une fois tout danger dissipé, il partirait en voiture en direction du continent. Il rôderait au crépuscule; et il rencontrerait sans doute une petite fille en train de se promener par là toute seule...

il dirait qu'il était le nouveau maître d'école... ça marchait toujours.

Sa décision prise, il se sentit mieux. Il ne désirait qu'une chose à présent : en finir avec cette menace. Cet enfant récalcitrant, tout comme Nancy... contrariant... ingrat... toujours prêt à s'enfuir... il allait le trouver. Il le ligoterait, puis il irait chercher le rouleau de film plastique transparent. Il vérifierait qu'il portait une marque que Nancy ait pu acheter chez Lowery. Il appliquerait le plastique en premier sur le garçon, parce qu'il était trop contrariant. Et ensuite... la petite fille... sans attendre elle aussi... c'était trop dangereux de la garder.

La sensation de danger le faisait toujours transpirer davantage. Comme la dernière fois. Il avait quitté le campus en douce pour se diriger vers le centre commercial sans vraiment savoir ce qu'il allait faire. Il savait seulement qu'il ne pouvait pas laisser Nancy emmener Lisa chez le docteur. Il était arrivé avant elle, s'était garé sur la petite route entre le campus et le centre commercial. Il l'avait vue s'engager dans le parking, parler aux enfants, pénétrer dans le magasin. Aucune voiture aux alentours. En une seconde, il avait su ce qu'il allait faire.

Les enfants s'étaient montrés dociles. Ils avaient paru surpris et effrayés en le voyant ouvrir la portière de la voiture, mais lorsqu'il avait dit : « Vite, on va faire une surprise à maman pour son anniversaire », ils s'étaient introduits dans la malle arrière. Tout avait été terminé en un instant. Le temps de glisser les sacs en plastique par-dessus leurs têtes, de serrer très fort, tenant les petits corps à pleines mains jusqu'à ce qu'ils cessent de se tortiller; de refermer le coffre – et il était retourné à son cours. Moins de huit minutes en tout; les étudiants absorbés dans leurs expériences de laboratoire n'avaient rien remarqué. Une pleine poignée de témoins prêts à certifier sa présence s'il en était besoin. Cette nuit-là, il n'avait eu qu'à conduire la voiture près de la plage et à jeter les corps dans l'océan. Il avait su sauter sur l'occasion il y avait sept ans, écarter le danger, aujourd'hui, il fallait à nouveau écarter le danger. « Michael, sors, Michael, je vais te ramener à ta mère. »

Il se trouvait toujours dans la cuisine. Levant la lampe tempête, il regarda autour de lui. Il n'y avait aucun endroit où se cacher dans cette pièce. Les placards étaient trop haut. Mais il ne serait pas facile de trouver le gosse dans le noir avec cette seule lampe en guise d'éclairage. Cela prendrait des heures, et par où commencer?

« Michael, ne veux-tu pas aller retrouver ta maman à la maison? appela-t-il à nouveau. Elle n'est pas retournée au ciel. Elle va beaucoup mieux... elle veut te voir... »

Devait-il commencer par le deuxième étage, chercher d'abord dans les chambres?

Non. L'enfant avait dû tenter de sortir par la porte de la cuisine en premier. Il était malin. Il ne serait pas resté en haut. Et s'il s'était dirigé vers la porte principale? Il valait mieux aller voir par là.

Il fit quelques pas dans l'entrée, puis se souvint du petit salon du fond. Si Michael l'avait entendu arriver au moment où il s'apprêtait à s'enfuir par la cuisine, il devait logiquement être allé se cacher dans cette pièce.

Il s'arrêta dans l'embrasure de la porte. Entendait-il un bruit de respiration, ou était-ce seulement le vent qui sifflait le long des murs de la maison? Il avança de quelques pas, pénétra dans la pièce, tenant la lampe bien au-dessus de sa tête. Fouillant l'obscurité du regard, il chercha à distinguer les objets qui l'entouraient. Sur le point de faire demi-tour, il fit osciller la lampe sur sa droite.

Rivé sur place, il éclata alors d'un rire strident, hystérique, semblable à un hennissement. L'ombre d'une silhouette menue pelotonnée derrière le canapé se dessinait comme un lapin géant sur le plancher en chêne clair. « Je t'ai trouvé, Michael, s'écria-t-il. Cette fois, tu ne m'échapperas pas. »

25

LA panne d'électricité surprit John Kragopoulos au moment où il quittait la nationale 6 A pour s'engager sur la route qui menait à la maison du Guet. Il alluma machinalement les phares. La visibilité restait malgré tout très mauvaise et il conduisit prudemment, attentif à la route glissante et au risque de déraper dans les tournants.

Il se demanda quelle raison invoquer pour venir chercher un petit briquet dans cette maison plongée dans l'obscurité. M. Parrish pouvait avec raison lui conseiller de revenir demain matin ou lui proposer de le chercher lui-même et de le remettre à Dorothy s'il le retrouvait.

John décida de se présenter à la porte d'entrée avec sa torche. Il dirait qu'il était persuadé d'avoir entendu tomber quelque chose en se penchant sur sa longue-vue et qu'il s'était demandé si le briquet n'avait pas glissé de sa poche à ce moment-là. C'était plausible. De toute façon, c'était le troisième étage qu'il désirait revoir.

La montée vers la maison du Guet était périlleuse. Au dernier virage, l'avant de la voiture fit un écart. John se cramponna au volant au moment où les pneus accrochaient à nouveau la chaussée. Il avait été à deux doigts de basculer par-dessus le talus en pente et d'aller heurter le gros chêne deux mètres plus loin. Quelques minutes plus tard, il engagea la voiture dans l'allée derrière la maison, renonçant à se garer à l'abri du garage comme l'avait fait Dorothy précédemment. Il désirait se montrer détendu, cordial. Tout au plus son attitude pourrait-elle trahir un léger agacement, comme si quelque chose l'ennuyait. Il dirait qu'il avait constaté la perte de son briquet pendant le dîner et préféré revenir tout de suite avant de quitter la ville plutôt que de téléphoner.

En sortant de la voiture, il fut frappé par l'obscurité menaçante de la grande maison. Même le dernier étage était plongé dans le noir. L'homme avait pourtant sûrement des lampes à pétrole. Les pannes d'électricité devaient être courantes au Cape pendant la mauvaise saison. Et si Parrish s'était endormi et n'avait pas remarqué que l'électricité était coupée? Supposons – supposons seulement – qu'il ait reçu la visite d'une femme ne désirant pas être reconnue. C'était la première fois que cette éventualité lui venait à l'esprit.

Se sentant soudain stupide, il faillit remonter dans sa voiture. La neige fondue lui cinglait le visage. Elle rentrait sous le col et les manches de son manteau. L'impression de douce chaleur que lui avait procurée le dîner se dissipa. Il était gelé, mort de fatigue, et il lui restait un long et pénible trajet à faire. Il allait avoir l'air d'un imbécile avec son histoire inventée de toutes pièces. Pourquoi n'avait-il pas songé que Parrish pouvait recevoir quelqu'un désireux de garder l'incognito? John se traita d'idiot, d'idiot soupçonneux. Dorothy et lui avaient probablement interrompu un rendez-vous amoureux et rien de plus. Il ne lui restait qu'à quitter les lieux avant de se montrer plus indiscret. Il était sur le point de se remettre au volant lorsqu'il aperçut une lueur provenant de la fenêtre la plus éloignée sur la gauche de la cuisine. La lueur se déplaçait rapidement et quelques secondes plus tard, il la vit se refléter dans les fenêtres à droite de la porte de la cuisine. Quelqu'un parcourait la pièce avec une lampe.

John referma avec précaution la portière de sa voiture en s'efforçant de ne pas la claquer. La torche serrée dans sa main, il traversa l'allée, se dirigea vers la fenêtre de la cuisine et regarda à l'intérieur. La lumière semblait venir de l'entrée à présent. Il revit en esprit le plan de la maison. L'escalier du fond donnait dans cette entrée, ainsi que le petit salon de l'autre côté. Restant à l'abri contre les bardeaux usés par les intempéries, il longea rapidement l'arrière de la maison, passa devant la porte de la cuisine, s'avança vers les fenêtres qui devaient être celles du petit salon. La lumière ne bougeait plus, mais son reflet s'intensifia au moment où John s'approchait. Et soudain il aperçut la lampe au bout d'un bras tendu. Il se recula. Il voyait Courtney Parrish à présent. L'homme cherchait quelque chose... Quoi? Il appelait quelqu'un. John tendit l'oreille. Le vent étouffait les sons, mais il put discerner le nom « Michael ». Parrish appelait « Michael »!

John sentit une peur affreuse le glacer jusqu'à la moelle. Il ne s'était pas trompé. L'homme était un psychopathe et les enfants se trouvaient dans la maison. La lampe en tournoyant mit en évidence l'énorme masse du corps de Parrish. John se sentit totalement démuni. Il n'était pas de taille à se mesurer à cet homme. Il n'avait que sa lampe electrique pour toute arme. Devait-il aller chercher de l'aide? Michael aurait-il échappé à Parrish? Si Parrish le trouvait, même quelques minutes pouvaient être fatales.

Frappé d'horreur, il vit alors Parrish faire osciller la lampe tempête vers la droite et tirer de derrière le divan une petite silhouette qui tentait désespérément de se débattre. L'homme posa la lampe et, sous les yeux de John, entoura le cou de l'enfant de ses deux mains.

Retrouvant l'instinct qui l'animait dans les combats lorsqu'il était en service commandé pendant la Seconde Guerre mondiale, John lança son bras de toutes ses forces et brisa le carreau avec sa lampe. Courtney se retourna. John introduisit sa main à l'intérieur et déverrouilla la fenêtre. Avec une énergie décuplée, il releva la fenêtre et enjamba le rebord d'un bond. Il lâcha sa torche au moment où ses pieds touchaient terre, et Parrish se précipita dessus. Tenant toujours la lampe tempête dans sa main gauche, l'homme saisit la torche dans sa main droite et la brandit au-dessus de sa tête comme une arme.

Le coup était inévitable. Mais John se baissa et se plaqua contre le mur pour gagner du temps. Tout en criant : « Cours, Michael... va chercher de l'aide », il donna un coup de pied dans la lampe à pétrole qui échappa à Parrish juste avant que celui-ci ne lui assenât un coup de torche sur le crâne.

26

Il avait eu tort d'abandonner la voiture. Un acte de pure panique, parfaitement stupide. Rob était persuadé que l'homme forgeait son propre destin. Aujourd'hui, il avait accumulé toutes les conneries. En apercevant Nancy au bord du lac, il aurait dû se barrer en vitesse de Cape Cod. Au lieu de ça, il s'était imaginé qu'elle était peut-être droguée ou soûle, et qu'il lui suffisait de rester caché un jour avant d'aller les voir, elle et son mari, pour leur soutirer du fric. Il avait tout fait pour se trouver juste où il ne fallait pas, et les enfants de Nancy avaient disparu.

Rob n'avait jamais réellement cru que Nancy fût responsable de la disparition de ses autres enfants; mais à présent, qui sait? Peut-être avait-elle perdu la boule, comme le disait Harmon.

Après avoir abandonné la voiture, Rob s'était dirigé vers le sud en direction de l'autoroute qui traversait le Cape d'un bout à l'autre. Mais il était revenu sur ses pas en voyant une voiture de police passer devant lui à fond de train. Même s'il faisait du stop, il y aurait probablement un barrage à l'entrée du pont. Il valait mieux se diriger vers la baie. Il devait y avoir un tas de villas d'été de ce côté-là. Il pénétrerait par effraction dans l'une d'elles et s'y terrerait pendant un moment. Les gens laissaient sûrement des provisions dans leurs cuisines, et il commençait à avoir faim. Puis, dans deux jours, lorsque le calme serait revenu, il trouverait un camion, se cacherait à l'arrière et quitterait cette île de malheur.

Il frissonna en pressant le pas le long des routes étroites et sombres. Une bonne chose cependant : par ce temps de merde, il ne risquait pas de tomber sur des promeneurs. Tout au plus deux ou trois voitures.

Mais à un détour de la route, Rob eut à peine le temps de sauter dans la haie touffue pour échapper aux phares d'une voiture. Haletant, il attendit que le véhicule l'eût dépassé en faisant crisser ses pneus. Nom de Dieu! Une autre voiture de flics. L'endroit en était infesté. Il devait quitter la route. La plage n'était sans doute pas bien loin à présent. Restant à l'abri de la haie, Rob se dirigea rapidement vers les bois qui bordaient l'arrière des maisons. Il y avait moins de risques de se faire repérer en passant par là, même si cela lui prenait plus longtemps.

Et si Nancy l'avait vu près du lac? Elle avait vraiment regardé dans sa direction... mais ce n'était peut-être qu'une impression. De toute façon, il nierait s'être trouvé là. Elle n'était pas en état de témoigner qu'elle l'avait vu. Et il n'y avait pas eu d'autres témoins. Il en était certain. Sauf... le conducteur de ce break. Sans doute un type du pays. Plaques d'immatriculation du Massachusetts... 8 X 642... Pourquoi s'en souvenait-il si bien? C'était l'envers... Oh! bien sûr... l'envers de 2-4-6-8. Ça l'avait frappé. Si Rob se faisait pincer, il pourrait parler aux flics de ce break. Il l'avait vu sortir en marche arrière du chemin d'accès à la propriété des Eldredge, et cela juste au moment de la disparition des gosses.

Mais d'un autre côté, supposons que ce break soit simplement une voiture de livraison habituelle? Il n'avait pas vu le conducteur... il n'y avait pas fait tellement attention... simplement remarqué que c'était un gros type plein de graisse. Si on lui parlait du break, Rob se bornerait à dire qu'il s'était trouvé par hasard du côté de la maison des Eldredge.

Non, il n'avouerait rien si les flics l'arrêtaient. Il

dirait qu'il avait eu l'intention de rendre visite à Nancy, puis qu'il avait préféré repartir en apercevant sa propre photo dans cet article sur l'affaire Harmon. Sa décision prise, Rob se sentit mieux. A présent, s'il pouvait seulement atteindre la plage et entrer dans une villa...

Il se dépêcha, prenant soin de rester à l'abri du rideau d'arbres dépouillés, trébucha, jura entre ses dents et retrouva son équilibre. C'était aussi glissant qu'une patinoire avec cette foutue neige fondue. Mais il ne pouvait pas aller beaucoup plus loin. Il devait entrer quelque part, sinon il risquait d'être repéré. Se retenant aux troncs d'arbres recouverts d'une couche de glace, il s'efforça d'accélérer le pas.

TRANQUILLEMENT assis dans la véranda vitrée à l'arrière de sa maison, Thurston Givens regardait la tempête souffler dans l'obscurité presque totale. A l'âge de quatre-vingts ans, il restait toujours fasciné par les vents du nord-est et savait qu'il lui restait probablement peu d'années pour les voir se déchaîner. Il avait laissé la radio marcher en sourdine; il venait d'entendre le dernier bulletin concernant les enfants Eldredge. On était toujours sans nouvelles d'eux.

Thurston regarda vers le fond du jardin, se demandant pourquoi une telle adversité s'abattait sur de jeunes têtes. Son fils unique était mort à l'âge de cinq ans au cours de l'épidémie de grippe de 1917.

Agent immobilier à la retraite, Thurston connaissait bien Ray Eldredge. Il avait été très lié avec son père et également avec son grand-père. Ray était un chic garçon, le type d'homme dont le Cape avait besoin. Il était entreprenant et c'était un bon agent immobilier – pas quelqu'un à se faire de l'argent sur le dos des clients. Quelle pitié s'il arrivait malheur à ses enfants! Thurston ne trouvait franchement pas que Nancy fût le genre de femme à tremper dans un meurtre. Il y avait sûrement une autre explication.

Il en était là de ses réflexions lorsqu'un mouvement dans le bois l'arracha à sa rêverie. Il se pencha en avant, plissant les yeux pour mieux y voir. Il y avait quelqu'un dehors, quelqu'un en train de se faufiler à travers les arbres, cherchant manifestement à rester caché. Il fallait préparer un mauvais coup pour se trouver dans ces bois par un temps pareil, et les cambriolages étaient fréquents au Cape, particulièrement dans ce coin.

Thurston tendit la main vers le téléphone. Il composa le numéro du commissariat de police. L'inspecteur Coffin était un vieil ami, mais il était probablement absent. Il devait s'occuper de l'affaire Eldredge.

On décrocha à l'autre bout de la ligne. Une voix prononça : « Commissariat de police d'Adams Port. Sergent Poler... »

Thurston l'interrompit impatiemment. « Ici Thurston Givens. Les gars, je vous informe qu'il y a un rôdeur dans les bois derrière chez moi et qu'il se dirige vers la baie. »

28

NANCY se redressa sur le canapé, le regard fixé droit devant elle. Ray avait allumé un feu dans la cheminée et les flammes commençaient à lécher les petites branches et les brindilles de bois. Hier. Ce n'était donc qu'hier? Elle avait ratissé la pelouse avec Michael.

« Nous ne le ferons plus avant l'année prochaine, Mike, avait-elle dit. Je pense que toutes les feuilles sont tombées maintenant. »

Il avait hoché la tête d'un air grave. Puis, de lui-même, il avait ramassé les plus gros morceaux de bois et les branchettes dans le tas de feuilles. « Ça servira pour le feu », avait-il dit. Il avait lâché le râteau en fer qui était tombé les dents vers le haut. Mais il s'était empressé de le retourner en voyant Missy courir vers eux dans l'allée, s'excusant avec un petit sourire : « Papa dit toujours que c'est dangereux de laisser un râteau dans cette position. »

Il veillait toujours si bien sur Missy. Il était si gentil. Il ressemblait tant à Ray. Contre toute raison, Nancy éprouvait une sorte de réconfort à savoir Mike auprès de Missy. Il prendrait soin d'elle dans la mesure de ses moyens. C'était un petit garçon débrouillard. S'ils se trouvaient dehors en ce moment, il s'assurerait que la veste de sa sœur était bien fermée. Il essaierait de lui tenir chaud. Il...

« Oh! mon Dieu! »

Elle s'aperçut qu'elle avait parlé à voix haute en

voyant Ray la regarder d'un air surpris. Il était assis dans un grand fauteuil. Il avait les traits affreusement tirés. Il semblait avoir deviné qu'elle préférait ne pas le sentir trop près d'elle en ce moment, qu'elle avait besoin de se concentrer, de réfléchir. Elle ne devait pas croire que les enfants étaient morts. Ils ne pouvaient pas être morts. Mais il fallait les retrouver avant qu'il ne leur arrivât quelque chose.

Dorothy la regardait elle aussi. Dorothy, qui paraissait soudain vieille, désemparée. Nancy avait accepté son affection et son amour sans rien donner en retour. Elle l'avait tenue à l'écart, lui laissant clairement comprendre qu'elle ne devait pas s'introduire dans le cercle étroit de la famille. Elle ne voulait pas que les enfants aient une autre grand-mère. Elle refusait que quiconque prît la place de sa mère.

Je me suis montrée égoïste, se dit Nancy. *Je n'ai pas tenu compte de son désir à elle.* Comme c'était étrange que cela lui parût si clair à présent. Etrange de penser à cela en ce moment, alors qu'ils étaient tous assis dans cette pièce, impuissants, désarmés. Alors, pourquoi se sentait-elle soudain rassurée? Pourquoi ce semblant d'espoir? D'où lui venait cette impression de réconfort?

« Rob Legler, dit-elle. J'ai bien dit que j'avais vu Rob Legler ce matin?

– Oui, fit Ray.

– Est-ce que je rêvais? Le docteur croit-il que je l'aie vraiment vu – que je disais la vérité? »

Ray hésita, puis préféra se montrer franc. Il y avait une fermeté en Nancy, une absence d'ambiguïté qui ne permettait pas les faux-fuyants.

« Le docteur ne doute pas que tu aies fait un récit exact de ce qui s'est passé. Et je dois te le dire, Nancy, on a formellement reconnu Rob Legler en train de rôder près d'ici hier soir et ce matin.

– Rob Legler ne ferait pas de mal aux enfants. » Le ton de Nancy était neutre, catégorique. Voilà ce qui lui tenait lieu de réconfort. « S'il les a enlevés, s'il est responsable de leur disparition, il ne leur fera pas de mal. Je le sais. »

Lendon revint dans la pièce. Jonathan entra derrière lui. Il s'aperçut qu'il posait involontairement son regard en premier sur Dorothy. Elle avait les mains enfoncées dans ses poches. Il devina qu'elle serrait les poings. Il l'avait toujours considérée comme une personne remarquablement efficace, qui se suffisait à elle-même – traits de caractère qu'il admirait sans les trouver forcément séduisants chez une femme.

S'il était honnête avec lui-même, Jonathan devait admettre que ses rapports avec Emily avaient toujours été basés sur sa conviction qu'il lui était indispensable. Elle était incapable de dévisser un couvercle, de trouver ses clefs de voiture, de gérer son propre compte courant. Il avait sans se faire prier joué son rôle d'homme indulgent, compétent, ingénieux, actif, prompt à trouver des solutions. Il avait fallu ces deux dernières années pour qu'il se rendît compte combien il avait sous-estimé le caractère d'acier caché par la féminité d'Emily; la façon dont elle avait accepté le verdict du médecin sans autre réaction qu'un regard de compassion pour Jonathan; la façon dont elle ne s'était jamais plainte. A présent, en voyant Dorothy si visiblement torturée par l'angoisse, l'envie le prenait de la réconforter.

Il fut distrait par une question que posait Ray. « Qui appelait au téléphone?

– Le commissaire a dû partir, répondit évasivement Jonathan.

– Vous pouvez parler. Nancy sait qu'on a vu Rob Legler dans les parages.

– C'est la raison pour laquelle le commissaire est parti. Legler a été pris en chasse et il a abandonné la voiture qu'il avait volée à trois kilomètres d'ici sur la nationale 6 A. Mais ne vous inquiétez pas, il ne peut pas se rendre bien loin à pied par ce temps.

– Comment vous sentez-vous, Nancy? » Lendon

examina attentivement la jeune femme. Elle était plus calme qu'il ne s'y attendait.

« Bien. J'ai beaucoup parlé de Carl, n'est-ce pas?

– Oui.

– J'essayais de me rappeler quelque chose. Une chose importante que je voulais vous dire. »

Lendon garda un ton neutre. « A plusieurs reprises vous avez dit : Je ne crois pas... je ne crois pas... Savez-vous pourquoi vous disiez cela? »

Nancy secoua la tête. « Non. » Elle se leva et marcha nerveusement vers la fenêtre. « Il fait si sombre. Trouver quelque chose ou quelqu'un ne sera pas facile maintenant. »

Elle avait envie de bouger. Il lui fallait mettre ses idées en ordre pour être capable de réfléchir. Elle baissa les yeux et s'aperçut tout à coup qu'elle était encore vêtue de sa robe de chambre. « Je vais me changer, dit-elle. Je veux m'habiller.

– Voulez-vous...? » Dorothy se mordit les lèvres. Elle avait failli demander si Nancy désirait qu'elle l'accompagnât dans sa chambre.

« Je me débrouillerai », dit doucement Nancy. Ils allaient retrouver Rob Legler. Elle en était certaine. Elle voulait être habillée lorsqu'ils l'auraient pris. Elle voulait aller le retrouver, là où ils l'emmèneraient. Elle lui dirait : « Rob, je sais que vous ne feriez pas de mal aux enfants. Voulez-vous de l'argent? De quoi avez-vous besoin? Dites-moi où ils se trouvent et je vous donnerai tout ce que vous voulez. »

Une fois en haut, elle enleva sa robe de chambre et alla machinalement la suspendre dans la penderie. Elle sentit la tête lui tourner et appuya un instant son front contre la fraîcheur du mur. La porte de la chambre s'ouvrit et elle entendit Ray crier : « Nancy! » d'un ton effrayé. Au même instant, il se précipita vers elle, l'attira dans ses bras, l'étreignit. Elle sentit la chaleur rugueuse de sa chemise de sport contre sa peau, la force de ses bras autour d'elle.

« Je vais bien, dit-elle. Vraiment...

– Nancy! » Il lui leva la tête. Sa bouche se posa sur la sienne. Lorsque leurs lèvres se séparèrent, Nancy se serra contre lui.

C'était comme ça depuis le début. Depuis le premier soir où il était venu dîner chez elle. Ils étaient descendus jusqu'au lac. Il faisait très froid et elle avait frissonné. Il n'avait pas boutonné son manteau et l'avait attirée en riant contre lui, l'enveloppant dans les pans du chaud vêtement. Lorsqu'il l'avait embrassée ce soir-là pour la première fois, cela lui avait paru si naturel. Elle l'avait aimé depuis le commencement. Pas comme Carl... pauvre Carl... elle l'avait seulement supporté; elle s'était sentie coupable de ne pas l'aimer, et après la naissance de Lisa, il n'avait jamais plus... pas comme un mari... Avait-il deviné sa répulsion? Elle se l'était toujours demandé. Cela faisait partie de son sentiment de culpabilité.

« Je t'aime. » Elle l'avait dit sans y penser – des mots si souvent répétés, des mots qu'elle murmurait à Ray même dans son sommeil.

« Je t'aime aussi. Oh! Nancy. Cela a dû être affreux pour toi. Je croyais comprendre, mais je ne...

– Ray, reverrons-nous les enfants? » Sa voix frémit et elle sentit tout son corps se mettre à trembler.

Il resserra son étreinte. « Je ne sais pas, chérie. Je ne sais pas. Mais n'oublie jamais une chose. Quoi qu'il arrive, nous sommes ensemble tous les deux. Rien ne pourra changer cela. Coffin a été appelé au commissariat. On vient d'y conduire Legler. Le docteur Miles est allé les rejoindre et Jonathan et moi allons nous y rendre également.

– Je veux vous accompagner. Peut-être me dira-t-il...

– Non. Jonathan a une idée, et je crois que ça peut marcher. Il faut que nous découvrions la vérité. Rob a peut-être un complice qui garde les enfants. S'il te voit, il risque de refuser de parler, surtout s'il est impliqué dans le premier meurtre.

– Ray... » Nancy entendit le désespoir percer dans sa voix.

« Chérie, courage. Juste encore un peu de patience. Prends une douche bien chaude et habille-toi. Dorothy va rester avec toi. Elle est en train de te préparer un sandwich. Je serai de retour le plus tôt possible. » Il enfouit ses lèvres dans ses cheveux, et partit.

Nancy se dirigea machinalement vers la salle de bain contiguë à la chambre. Elle ouvrit le robinet de la douche, puis se regarda dans la glace au-dessus du lavabo. Le visage qu'elle vit se refléter était pâle, avait les traits creusés, les yeux lourds, cernés. C'était le visage qu'elle avait eu pendant toutes ces années passées avec Carl, celui qui était reproduit sur les photos parues dans le journal ce matin.

Elle se détourna d'un mouvement vif et, tordant ses cheveux en un chignon, passa sous la douche. L'eau chaude la fouetta, éliminant peu à peu la tension de ses muscles. Cela faisait du bien. Elle renversa la tête avec gratitude sous le jet. On se sentait si net après une douche!

Elle ne prenait plus jamais de bains, plus jamais – pas depuis les années de son mariage avec Carl. Elle voulait oublier ces bains. Un flot de souvenirs lui revint brusquement à la mémoire tandis que l'eau lui éclaboussait le visage. La baignoire... l'insistance de Carl à vouloir lui faire prendre des bains... la façon dont il la touchait, l'examinait. Elle avait voulu le repousser un jour; il avait glissé et s'était retrouvé la tête sous l'eau. La stupeur l'avait empêché de se relever tout de suite. Une fois debout, il s'était mis à cracher, trembler, tousser. Il avait éprouvé une peur panique en sentant l'eau lui recouvrir la figure.

C'était ça. Voilà ce dont elle cherchait à se souvenir : cette terreur secrète de l'eau...

Oh! Seigneur! Nancy chancela contre la paroi de la douche. Elle sentit la nausée lui labourer l'estomac et la gorge, sortit en trébuchant de la douche et se mit à vomir sans pouvoir se retenir.

Les minutes passèrent. Elle resta agrippée au rebord de la cuvette des cabinets, incapable de contenir la violence des vomissements. Et lorsque les spasmes finirent par cesser, des frissons glacés la secouèrent encore longtemps de la tête aux pieds.

29

« Ne vous faites pas trop d'illusions, Ray », conseilla Jonathan.

Ray ne lui prêta pas attention. Il apercevait le commissariat de police par la vitre. Dans la lumière des lampes à pétrole, le bâtiment semblait appartenir à un autre siècle. Ray gara la voiture, ouvrit la portière, traversa la rue et pénétra comme une bombe dans le commissariat. Derrière lui, il entendait Jonathan s'essouffler en s'efforçant de le suivre.

Le sergent à l'entrée du poste parut surpris. « On ne vous attendait pas ici ce soir, monsieur Eldredge. Je suis vraiment désolé pour les enfants... »

Ray secoua la tête d'un air impatient. « Où se passe l'interrogatoire de Rob Legler? »

Le sergent eut l'air ennuyé. « Ça ne vous concerne pas, monsieur Eldredge.

– C'est vous qui le dites, dit Ray sans hausser la voix. Allez prévenir le commissaire que je dois le voir immédiatement. »

La protestation du sergent mourut sur ses lèvres. Il se tourna vers un policier qui passait dans le couloir. « Va dire au commissaire que Ray Eldredge désire le voir », dit-il sèchement.

Ray se tourna vers Jonathan. « Tout d'un coup, cela paraît une idée complètement farfelue, insensée, dit-il avec un demi-sourire.

– Pas tellement », répliqua Jonathan.

Ray parcourut la pièce des yeux et s'aperçut de la présence d'un jeune homme et d'une jeune femme assis sur un petit banc à côté de la porte. Ils n'étaient pas plus âgés que Nancy et lui – un couple à l'air gentil. Il se demanda distraitement ce qu'ils faisaient là. Lui semblait gêné, elle résolue. Quelle raison pouvait amener des gens à sortir par un temps pareil? Peut-être s'étaient-ils disputés et venait-elle porter plainte contre lui? L'idée était extravagante. Quelque part hors de cette pièce, hors de toute cette invraisemblable journée, il y avait des gens chez eux en famille, qui préparaient le dîner à la lumière des bougies, disaient aux enfants de ne pas avoir peur du noir, faisaient l'amour... se disputaient.

Il s'aperçut que la femme le dévisageait. Elle fit un mouvement pour se lever, mais le mari la força à se rasseoir. Ray lui tourna promptement le dos. La compassion était bien la dernière chose dont il eût envie.

Des bruits de pas se pressèrent dans le couloir. Le commissaire Coffin entra brusquement dans la pièce. « Que se passe-t-il, Ray? Avez-vous appris quelque chose? »

Jonathan répondit : « Vous avez Rob Legler ici, n'est-ce pas?

– Oui. Nous l'interrogeons, le docteur Miles et moi. Legler demande à voir un avocat. Il refuse de répondre aux questions.

– C'est bien ce que je craignais. C'est pourquoi nous sommes ici. » A voix basse, Jonathan lui fit part de son plan.

Le commissaire Coffin secoua la tête. « Ça ne marchera pas. Le type est drôlement costaud. Je ne vois pas comment vous l'amèneriez à reconnaître qu'il se trouvait près de la maison des Eldredge ce matin.

– Essayons quand même. Ne voyez-vous pas comme le temps presse? Si jamais il avait un complice qui détient les enfants en ce moment, cette personne peut être prise de panique. Dieu sait ce qu'elle peut faire.

– Bon... Entrez ici. Venez lui parler. Mais ne vous faites pas d'illusions. » D'un bref signe de tête, le commissaire indiqua une pièce au milieu du couloir. Au moment où Jonathan et Ray s'apprêtaient à le suivre, la jeune femme se leva du banc.

« Commissaire Coffin! » Sa voix était hésitante. « Puis-je vous parler un instant? »

Le commissaire scruta son visage. « Est-ce important?

– Eh bien, probablement pas. Il me semble seulement que je n'aurai pas l'esprit tranquille avant de... c'est mon petit garçon qui... »

Le commissaire perdit manifestement tout intérêt. « Rasseyez-vous, je vous prie, madame. Je reviens vous voir dès que je le pourrai. »

Ellen Keeney se laissa tomber sur le banc en regardant les trois hommes s'éloigner. Le sergent à l'entrée devina sa déception.

« Etes-vous sûre que je ne puisse pas vous aider, madame? » demanda-t-il.

Mais Ellen n'avait pas confiance dans le sergent. En arrivant au commissariat, Pat et elle avaient essayé de lui faire comprendre que leur petit garçon savait peut-être quelque chose concernant l'histoire des Eldredge. Le sergent avait pris l'air affligé. « Madame, savez-vous combien d'appels téléphoniques nous avons reçus aujourd'hui? Depuis que la radio et la télévision se sont emparées de cette affaire, le téléphone n'arrête pas de sonner. Un cinglé de Tucson a appelé pour dire qu'il croyait avoir vu les enfants dans un terrain de jeu en face de chez lui ce matin. Même en avion supersonique, ils n'auraient jamais pu aller si loin. Alors, asseyez-vous. Le commissaire vous recevra dès que possible.

– Ellen, il vaudrait mieux rentrer à la maison. Nous dérangeons, ici », dit Pat.

Ellen secoua la tête. Elle ouvrit son sac et en sortit le

billet que l'inconnu avait remis à Neil en l'envoyant retirer son courrier. Elle avait épinglé le billet à la feuille sur laquelle elle-même avait griffonné tous les détails donnés par l'enfant. Elle connaissait l'heure précise à laquelle il était entré dans le bureau de poste pour retirer la lettre. Elle avait soigneusement transcrit la description de l'homme, les mots exacts utilisés par Neil pour dire qu'il ressemblait à la photo du premier mari de Nancy Harmon montrée sur le petit écran; le genre de voiture qu'il conduisait – « un très vieux break exactement comme celui de Gramp » –, sans doute un break Ford. Enfin, Neil avait dit qu'un permis de pêche d'Adams Port était collé sur le pare-brise.

Ellen était résolue à rester ici jusqu'à ce qu'on lui permît de raconter son histoire. Pat semblait très las. Se penchant vers lui, elle lui tapota la main. « Encore un peu de patience, chéri, chuchota-t-elle. Je suppose que cela n'a aucun sens, mais quelque chose me pousse à attendre. Le commissaire a dit qu'il me recevrait bientôt. »

La porte du commissariat s'ouvrit. Un couple d'âge moyen entra. L'homme semblait très irrité. La femme était visiblement nerveuse. Le sergent les accueillit. « Bonjour, monsieur Wiggins... madame Wiggins. Des ennuis?

– Vous n'allez pas le croire, s'écria Wiggins. Par un soir comme celui-ci, ma femme veut signaler qu'un individu a piqué une boîte de talc pour bébé au magasin ce matin.

– Du talc pour bébé? » Le sergent haussa la voix sous l'effet de l'étonnement.

Mme Wiggins parut encore plus tendue. « Tant pis si ça paraît stupide. Je désire voir le commissaire Coffin.

– Il va venir dans un instant. Ces personnes l'attendent également. Asseyez-vous là, je vous prie. » Il désigna le banc qui faisait un angle droit avec celui sur lequel attendaient les Keeney.

Ils se dirigèrent vers le siège et le mari maugréa en s'asseyant : « J'ignore toujours pourquoi nous sommes ici. »

La gentillesse naturelle d'Ellen la poussa à se tourner vers le couple. Elle pensa que le fait de parler à quelqu'un aiderait peut-être cette femme à surmonter sa nervosité. « Nous ne savons pas non plus vraiment nous-mêmes pourquoi nous nous trouvons ici, dit-elle. Mais la disparition de ces enfants est une chose tellement horrible... »

A vingt mètres de là, Rob Legler, les yeux plissés, fixait sur Ray Eldredge un regard hostile. Le gars avait de la classe, pensa-t-il. Nancy était sûrement mieux tombée cette fois-ci. Ce Carl Harmon vous fichait la chair de poule. Rob sentit la peur lui nouer l'estomac. On n'avait pas encore retrouvé les enfants Eldredge. Si quelque chose leur arrivait, on allait sûrement essayer de lui coller ça sur le dos. Mais personne ne l'avait vu près de la maison des Eldredge... personne sauf ce gros plein de soupe dans le vieux break. Et si le type était un livreur et qu'il avait prévenu les flics ? S'il pouvait certifier que Rob s'était trouvé à proximité de la maison des Eldredge ce matin ? Quel prétexte inventer pour justifier sa présence ? Personne ne croirait qu'il était venu au Cape dans le seul but de rendre visite à Nancy.

Rob se creusa la cervelle pour trouver au plus vite une explication à leur fournir. Aucune ne tenait debout. Il ne restait qu'une solution : se taire en attendant d'obtenir un avocat – et peut-être également par la suite. L'homme le plus âgé lui parlait,.

« Vous êtes dans de sales draps, lui disait Jonathan. Vous êtes un déserteur en état d'arrestation. Dois-je vous rappeler la peine que la loi requiert contre les déserteurs ? Votre situation est bien plus grave que celle d'un homme qui quitte son pays pour éviter d'être appelé sous les drapeaux. Vous faisiez partie des forces armées. Indépendamment de l'histoire des enfants Eldredge, que vous soyez ou non coupable de leur disparition, vous êtes bon pour passer la plus grande partie des dix ou vingt prochaines années en prison.

– C'est ce qu'on verra », murmura Rob. Mais il savait que Jonathan avait raison. *Seigneur!*

« Mais, bien entendu, une condamnation pour désertion est tout de même moins sévère qu'une condamnation pour meurtre.

– Je n'ai jamais tué personne, lança hargneusement Rob en se redressant brusquement.

– Asseyez-vous », ordonna le commissaire Coffin.

Ray se leva et se pencha au-dessus de la table jusqu'à ce que ses yeux fussent au niveau de ceux de Rob. « Je vais te dire, moi, ce qu'il en est, dit-il d'une voix contenue. Je crois que tu es une belle ordure. Ta déposition a failli conduire ma femme à la chambre à gaz il y a sept ans, et en ce moment tu en sais sans doute assez pour nous aider à sauver mes enfants s'ils sont encore en vie. Alors, écoute-moi, espèce de minable, et écoute-moi bien. Ma femme ne te croit pas capable d'avoir tué ou même blessé nos enfants. Je veux bien qu'elle ait raison. Mais elle t'a vu ce matin. Cela signifie que tu sais sûrement ce qui s'est passé. Inutile de chercher à gagner du temps en racontant que tu n'es jamais venu près de chez nous. Nous prouverons le contraire. Mais si tu acceptes de coopérer, si nos enfants nous sont rendus, nous n'engagerons pas de poursuites pour enlèvement. Et M. Knowles, qui est l'un des plus grands avocats de ce pays, prendra en main ta défense pour te permettre de te sortir de ton affaire de désertion avec une peine aussi légère que possible. Il a le bras long – très long... Alors, qu'en dis-tu, pauvre tocard? Acceptes-tu le marché? » les veines gonflèrent sur le front de Ray. Il se pencha encore plus près et planta ses yeux dans ceux de Rob. « Parce que si tu n'acceptes pas... si tu sais quelque chose... et si je découvre que tu aurais pu nous aider à retrouver nos enfants et que tu ne l'as pas fait... je me fiche qu'on te foute en prison... je te tuerai de mes propres mains. Retiens bien ça, enfant de salaud.

– Ray! » Jonathan le tira énergiquement en arrière.

Rob les dévisagea l'un après l'autre. Le commissaire... le docteur... Ray Eldredge... ce Knowles, l'avocat. S'il avouait s'être trouvé à proximité de la maison des Eldredge... mais à quoi bon refuser de l'admettre? Il y avait des témoins. Son instinct lui dicta d'accepter l'offre qu'on lui faisait. Rob savait reconnaître quand il ne lui restait plus aucune carte à jouer. Au moins, en acceptant leur proposition, il avait une chance d'influer sur cette histoire de désertion.

Il haussa les épaules et regarda Jonathan.

« Vous vous chargerez de ma défense?

– Oui.

– Je ne veux pas qu'on me colle une histoire d'enlèvement d'enfants sur le dos.

– Personne n'a cette intention, dit Jonathan. Nous voulons savoir la vérité – la simple vérité, telle que vous la connaissez. Et le marché ne tient que si nous l'obtenons. »

Rob s'appuya au dossier de sa chaise. Il évita de regarder Ray. « D'accord, dit-il. Voilà comment tout a commencé. Mon copain au Canada... »

Ils l'écoutèrent parler avec attention. De temps en temps seulement le commissaire et Jonathan posaient une question. Rob choisit prudemment ses mots pour raconter qu'il était venu dans l'intention de demander de l'argent à Nancy. « Ecoutez, je n'ai jamais cru qu'elle avait touché un cheveu des enfants Harmon. Ce n'était pas le genre. Mais, croyez-moi, ils essayaient de me faire payer les pots cassés et j'avais intérêt à répondre uniquement aux questions et à garder mon opinion pour moi. J'étais plutôt désolé pour elle. C'était une pauvre gosse victime d'un coup monté à mon avis.

– Un coup monté dont vous étiez directement responsable, dit Ray.

– Taisez-vous, Ray, dit Coffin. Venons-en à ce

matin, ordonna-t-il à Rob. Quand êtes-vous arrivé à la maison des Eldredge?

– Il était dix heures moins deux, dit Rob. Je conduisais très lentement, cherchant une route en terre battue dont mon copain m'avait fait le plan... et je me suis rendu compte que je l'avais loupée.

– Comment vous en êtes-vous rendu compte?

– Eh bien, c'est cette autre voiture... j'ai dû ralentir pour la laisser passer... Ensuite, je me suis aperçu qu'elle sortait de la route en question et j'ai fait marche arrière.

– L'autre voiture? » répéta Ray. Il bondit de sa chaise. « *Quelle* autre voiture? »

La porte de la pièce réservée aux interrogatoires s'ouvrit brutalement. Le sergent entra comme une trombe. « Chef, il faut que vous alliez tout de suite parler aux Wiggins et à cet autre couple. Je crois qu'ils ont quelque chose de très important à vous dire. »

30

Nancy parvint enfin à se redresser; elle se lava la figure, se rinça la bouche. Elle ne devait pas leur laisser voir qu'elle venait d'être malade. Elle ne devait pas en parler. Ils penseraient qu'elle était devenue folle. Ils ne la croiraient ni ne la comprendraient. Mais si l'incroyable était possible... les enfants. Oh! mon Dieu, pas comme ça, je vous en supplie, pas une nouvelle fois!

Elle se précipita dans la chambre, prit des sous-vêtements dans le tiroir, un pantalon et un gros chandail dans la penderie. Elle devait se rendre au poste de police. Voir Rob, lui dire ce qu'elle pensait, le supplier d'avouer la vérité. Qu'importe si on la prenait pour une folle.

Elle s'habilla en un éclair, enfila ses chaussures de sport, les laça sans pouvoir contrôler le tremblement de ses doigts et descendit quatre à quatre au rez-de-chaussée. Dorothy l'attendait dans la salle à manger. Il y avait des sandwiches et une théière sur la table.

« Asseyez-vous, Nancy... essayez de manger un peu... »

Nancy l'interrompit. « Je dois voir Rob Legler. J'ai quelque chose à lui demander. » Elle serra les dents, sentant monter l'hystérie dans sa voix. Elle devait rester calme. Elle se tourna vers Bernie Mills, debout dans l'entrée de la cuisine.

« Je vous en prie, appelez le commissariat, le supplia-t-elle. Dites au commissaire Coffin que j'insiste pour venir le voir... que cela a un rapport avec les enfants.

– Nancy! » Dorothy la saisit par le bras. « Que dites-vous?

– Que je dois voir Rob, Dorothy. Téléphonez au commissariat. Non, je vais le faire moi-même. »

Nancy fonça sur le téléphone. Elle allait l'atteindre lorsqu'il sonna. Bernie Mills se précipita pour le décrocher mais elle souleva le récepteur avant lui.

« Allô? » Elle avait un ton rapide, impatient.

Et elle entendit. Si bas qu'on aurait dit un chuchotement. Elle dut faire un effort pour saisir les mots. « Maman, maman, s'il te plaît, viens nous chercher. Au secours, maman. Missy est malade. Viens nous chercher.

– Michael... Michael! s'écria-t-elle. Michael, où êtes-vous? Dis-moi où vous êtes.

– Nous sommes à... » Le son de sa voix s'éteignit et la communication fut coupée.

Elle secoua frénétiquement l'appareil. « Ne coupez pas, hurla-t-elle, ne coupez pas...! » Mais il était trop tard. L'instant d'après, le bourdonnement triste et monotone de la tonalité résonnait à son oreille.

« Nancy, que se passe-t-il? Qui a appelé? » Dorothy était près d'elle.

« C'était Michael. Michael a téléphoné. Il a dit que Missy était malade. » Nancy vit le doute se peindre sur le visage de Dorothy. « Au nom du Ciel, ne comprenez-vous pas? C'était Michael! »

Elle agita violemment le récepteur, puis composa le numéro de la téléphoniste et ne lui laissa pas le temps de débiter son petit discours habituel. « Pouvez-vous me renseigner sur la communication que je viens de recevoir? Qui m'a téléphoné? D'où provenait l'appel?

– Je suis désolée, madame. Nous n'avons aucun moyen de le savoir. En fait, l'ensemble du réseau fonctionne très mal. La plupart des appareils en ville sont en panne à cause de la tempête. Que se passe-t-il?

– Il faut que je sache d'où provenait cet appel. Je dois le savoir.

– Il nous est impossible d'en retrouver l'origine une fois que la ligne est coupée, madame. »

Glacée, Nancy reposa le récepteur.

« Quelqu'un peut avoir coupé la communication, dit-elle. La personne qui détient les enfants.

– Nancy, en êtes-vous certaine?

– Madame Eldredge, vous êtes à bout de nerfs et de fatigue. » Bernie Mills s'efforçait de prendre un ton apaisant.

Nancy ne fit pas attention à lui. « Dorothy, Michael a dit : Nous sommes à... Il sait où il se trouve. Il ne peut pas être loin. Ne comprenez-vous pas? Et il a dit que Missy était malade. »

Dans le lointain, elle entendait autre chose. « Lisa est malade... Elle ne se sent pas bien. » Elle avait dit ces mêmes mots à Carl il y avait si longtemps.

« Quel est le numéro du commissariat? » demanda Nancy à Bernie Mills. Elle repoussa la vague de faiblesse qui envahissait son cerveau comme une nappe de brume. Il serait si facile de s'allonger... de se dérober. En ce moment même il y avait quelqu'un auprès de Michael et de Missy... quelqu'un qui leur faisait du mal... qui leur faisait peut-être la même chose que l'autre fois... Non... non... elle devait les retrouver... elle ne devait pas être malade... elle devait les retrouver.

Elle se retint au bord de la table et prononça d'une voix calme : « Vous pensez peut-être que je perds la tête, mais je vous assure que c'était la voix de mon fils. Quel est le numéro de téléphone du commissariat?

– Composez le KL 53 800 », dit Bernie Mills à contrecœur. *Elle est réellement sonnée*, pensa-t-il. Et le commissaire allait lui passer un savon pour ne pas avoir répondu lui-même au téléphone. Elle s'imaginait que c'était le gosse... mais ça pouvait être n'importe qui, même un cinglé.

La sonnerie retentit une seule fois à l'autre bout de la ligne. Une voix rapide répondit : « Adams Port. Commissariat de police. Sergent... à l'appareil. » Nancy commença à dire : « Le commissaire Coffin... » et s'aperçut qu'elle parlait dans le vide. Elle secoua impatiemment l'appareil. « On a coupé, dit-elle. La ligne est coupée. »

Bernie Mills lui prit le récepteur des mains. « En effet, dit-il. Ce n'est pas surprenant. La moitié des foyers doit être privée de téléphone en ce moment. A cause de la tempête.

– Conduisez-moi au commissariat. Non, allez-y vous-même au cas où la ligne serait rétablie et où Michael rappellerait... Je vous en prie, allez au commissariat, à moins qu'il n'y ait quelqu'un dehors...?

– Je ne crois pas. Le camion de la télévision s'est rendu au poste lui aussi.

– Alors, allez-y. Nous resterons ici. Dites-leur que Michael a téléphoné. Dites-leur d'amener Rob Legler ici. Nous attendrons.

– Je ne peux pas vous laisser.

– Nancy, êtes-vous vraiment certaine qu'il s'agissait de Michael?

– J'en suis sûre, Dorothy, croyez-moi. C'était Michael. C'était lui. Sergent, je vous en supplie. Vous resterez parti à peine dix minutes en tout – mais persuadez-les de ramener Rob Legler ici. S'il vous plaît. »

Bernie Mills réfléchit profondément. Le commissaire lui avait donné l'ordre de rester ici. Mais étant donné que le téléphone était coupé, il n'y aurait pas de message. S'il emmenait Nancy avec lui, le commissaire risquait de ne pas apprécier son initiative. S'il la laissait et qu'il revînt sur-le-champ, cela ne lui prendrait pas plus de dix minutes, et si jamais c'était vraiment le gosse qui avait téléphoné et qu'il omît de le signaler...

Il faillit demander à Dorothy d'aller au commissariat à sa place, puis y renonça. Les routes étaient trop verglacées. Dorothy semblait tellement bouleversée qu'elle avait toutes les chances de percuter un arbre.

« J'y vais, dit-il. Ne bougez pas. »

Sans prendre la peine d'enfiler son manteau, il se précipita jusqu'à sa voiture.

Nancy dit : « Dorothy, Michael savait où il se trouvait. Il a dit : Nous sommes à... Réfléchissez. Si vous vous trouvez dans une rue ou sur une route, vous dites : Nous sommes *sur* la nationale 6 A, ou *sur* la plage, ou nous sommes *sur* le bateau; mais si vous êtes dans une maison ou dans un magasin, vous savez bien que vous dites : Nous sommes *à* la maison du... ou nous sommes *au* bureau de papa. Vous comprenez ce que je veux dire? Oh! Dorothy, il doit bien y avoir un moyen de savoir. Je repasse tout ça dans ma tête. Il doit bien y avoir un indice... quelque chose.

« Et il a dit que Missy était malade. J'ai failli ne pas la laisser sortir ce matin. J'ai hésité. Faisait-il trop froid? Y avait-il trop de vent? Mais j'ai horreur de les dorloter comme s'ils allaient tomber malades, et je sais pourquoi à présent. C'est à cause de Carl et de la façon dont il les examinait... dont il m'examinait. C'est lui qui était malade. Je le sais maintenant. Voilà pourquoi j'ai laissé Missy aller dehors. Je savais qu'il faisait humide et trop froid pour elle. Mais je me suis dit : juste une demi-heure. Et c'est à cause de ça. Je lui ai donné ses moufles rouges, celles qui ont cette drôle de frimousse brodée sur le dessus, en lui recommandant de ne pas les ôter parce qu'il faisait très froid. Je me souviens d'avoir pensé que pour une fois la paire était assortie. Mais elle en a perdu une près de la balançoire. Oh! mon Dieu, Dorothy, si seulement je ne les avais pas laissés sortir! Si je les avais gardés à la maison sous prétexte qu'elle allait tomber malade... Mais je ne voulais pas penser à ça... Dorothy. »

Nancy pivota sur elle-même en entendant le cri étouffé de Dorothy. Le visage de cette dernière se contractait violemment.

« Qu'avez-vous dit? s'écria-t-elle. Qu'avez-vous dit à propos de moufles?

– Je ne sais pas. Vous voulez parler du fait qu'elle en a perdu une ou du fait que c'était la même paire? Dorothy, pourquoi demandez-vous cela? Que savez-vous? »

Avec un sanglot, Dorothy se couvrit la face de ses mains.

« Je sais où ils sont. Oh! mon Dieu, je le sais... j'ai été trop idiote. Oh! Nancy, qu'ai-je fait? Oh! qu'ai-je fait? » Elle tira la moufle de sa poche. « Je l'ai trouvée... cet après-midi, sur le sol du garage... et j'ai pensé que c'était moi qui l'avais poussée du pied. Et cet homme affreux... Je savais bien qu'il y avait quelque chose de louche. Cette odeur aigre... il sentait si mauvais... et ce talc pour bébé... Oh! mon Dieu! »

Nancy s'empara de la moufle. « Dorothy, je vous en prie, aidez-moi. Où avez-vous trouvé cette moufle? »

Dorothy vacilla sur ses jambes. « A la maison du Guet, lorsque je suis allée la faire visiter aujourd'hui.

– La maison du Guet... là où habite ce dénommé Parrish. Je ne crois pas l'avoir jamais vu, si ce n'est de loin. Oh! non. » En un éclair de lucidité totale, Nancy comprit la vérité et réalisa qu'il était peut-être trop tard. « Dorothy, je vais à la maison du Guet. *Tout de suite*... Les enfants y sont. Peut-être. Peut-être arrive-rai-je à temps. Allez prévenir Ray et la police. Dites-leur de venir. Puis-je entrer dans la maison? »

Dorothy s'arrêta de trembler. Sa voix devint aussi calme que celle de Nancy. Plus tard – plus tard, pour le restant de sa vie, elle pourrait donner libre cours aux reproches qu'elle se faisait à elle-même... mais pas en ce moment. « La porte de la cuisine est munie d'un verrou. S'il l'a tiré, vous ne pourrez pas entrer. Mais il y a la porte principale, celle qui donne sur la baie – il ne l'utilise jamais. Je ne lui ai pas donné la clef. Cette clef ouvre les deux serrures. » Elle sortit un trousseau de sa poche. « Prenez-la. »

Elle ne contesta pas la décision de Nancy de se rendre seule sur les lieux. Les deux femmes se ruèrent ensemble par la porte de derrière vers leur voiture. Dorothy laissa Nancy partir en premier. Elle retint sa respiration en voyant la voiture de la jeune femme faire une embardée, déraper, puis se redresser d'elle-même.

On n'y voyait pratiquement rien. Il y avait un écran de glace sur le pare-brise. Nancy baissa la vitre. Regardant par la fenêtre, forcée de plisser les yeux dans les tourbillons de neige fondue, elle fonça jusqu'à la nationale 6 A, la traversa et prit la route qui menait à celle qui, en cul-de-sac, aboutissait à la maison du Guet.

Lorsque Nancy s'engagea dans la côte sinueuse, la voiture se mit à glisser. La jeune femme appuya à fond sur l'accélérateur et les roues avant dérapèrent, faisant zigzaguer la voiture sur le verglas. Nancy freina à mort. La voiture fit un tête-à-queue. Elle tenta de redresser la direction. Trop tard. Un arbre se dressait devant elle. Elle parvint à donner un grand coup de volant. L'avant de la voiture partit sur la droite et avec un craquement sinistre, heurta l'arbre.

Nancy fut projetée en avant, puis rejetée en arrière. Les roues tournaient encore lorsqu'elle ouvrit la portière du côté du conducteur et sortit sous le déluge de neige fondue. Elle n'avait pas mis de manteau, mais elle sentit à peine les gouttes pénétrer son chandail et son pantalon tandis qu'elle s'efforçait de gravir la côte en courant.

Aux abords de l'allée d'accès à la propriété, elle glissa et tomba. Négligeant la douleur qui lui transperçait le genou, elle s'élança vers la maison. *Faites que je n'arrive pas trop tard. Faites que je n'arrive pas trop tard.* Comme à travers un nuage s'écartant soudain de sa vue, elle se revoyait en train de fixer Lisa et Peter sur la table de la morgue... leurs visages blancs et boursouflés par l'eau... les morceaux de sacs en plastique encore collés sur eux. *Pitié*, pria-t-elle. *Pitié!*

Elle atteignit la maison et, tout en se retenant d'une main contre les bardeaux en bois, la contourna à la hâte pour gagner l'entrée principale. La clef dans sa main était humide et froide. La maison était plongée dans l'obscurité complète excepté le dernier étage. Elle voyait une lumière luire à travers le store de l'une des fenêtres. En arrivant devant la façade, elle entendit le fracas des vagues qui se brisaient sur la rive rocheuse de la baie. Il n'y avait que des blocs de rochers de ce côté-ci. La plage se trouvait plus loin sur la gauche.

Nancy ne s'était jamais rendu compte que cette maison était si haute. On devait apercevoir toute la ville des fenêtres de derrière.

Des sanglots haletants s'échappaient de sa gorge. Son cœur tambourinait dans sa poitrine. Elle avait le souffle coupé à force d'avoir couru dans le vent glacé. Ses doigts engourdis par le froid manipulèrent maladroitement la clef. *Pourvu qu'elle tourne; pourvu qu'elle tourne.* Elle sentit une résistance, la serrure rouillée bloqua un instant la clef puis finit par céder et Nancy parvint à ouvrir la porte.

Il faisait sombre à l'intérieur – terriblement sombre. Nancy n'y voyait rien. Ça sentait le renfermé. Tout était silencieux. La lumière venait du dernier étage. L'étage de l'appartement. Elle devait trouver l'escalier. Elle résista à l'envie de crier le nom de Michael.

Dorothy avait parlé de deux escaliers dans l'entrée, juste après la grande pièce en façade – la pièce où elle se trouvait en ce moment. Hésitante, elle avança de quelques pas, tendant les mains en avant dans le noir. Elle ne devait faire aucun bruit, ne pas donner l'éveil. Elle buta, faillit tomber, et se rattrapa en agrippant quelque chose. Le bras d'un divan ou d'un fauteuil. Elle le contourna. Si seulement elle avait des allumettes. Elle tendit l'oreille... avait-elle entendu un bruit...

un cri... ou seulement le gémissement du vent dans la cheminée?

Elle devait monter... trouver les enfants. Et s'ils n'étaient pas là?... Si elle arrivait trop tard?... Si c'était comme la dernière fois? – avec ces petits visages immobiles, déformés... Ils lui avaient fait confiance. Lisa s'était accrochée à elle le dernier matin. « Papa m'a fait mal. » C'était tout ce qu'elle disait. Nancy était sûre que Carl l'avait frappée pour avoir mouillé son lit... elle s'en était voulu de se sentir trop lasse pour se réveiller. Elle n'avait pas osé critiquer Carl... mais lorsqu'elle avait fait le lit, les draps étaient secs; donc Lisa n'avait pas mouillé son lit. Elle aurait dû le dire à l'audience, mais incapable de penser... trop fatiguée, elle n'avait pas pu... et cela n'avait plus d'importance de toute façon.

L'escalier... Il y avait un montant sous son bras... L'escalier... trois étages... monter le long de la rampe... en silence... Nancy se baissa pour ôter ses chaussures. Elles étaient trempées et faisaient un bruit de succion... *Surtout ne pas faire de bruit... Monter jusqu'en haut... Ne pas arriver trop tard encore une fois... C'était trop tard la dernière fois... Je n'aurais pas dû laisser les enfants dans la voiture... J'aurais dû savoir...*

Les marches grinçaient sous ses pas. *Il ne faut pas qu'il s'affole... Il s'était affolé la dernière fois... Il a peut-être été pris de panique après le coup de téléphone de Michael... La dernière fois, ils avaient dit que les enfants étaient déjà morts avant d'être jetés à la mer... Mais Michael était encore en vie il y a à peine quelques minutes... vingt minutes... et il croyait que Missy était malade... Peut-être était-elle malade... Parvenir jusqu'à elle...* Le premier étage. *...Il y a des chambres à cet étage... mais aucune lumière, aucun bruit...* Encore deux étages... On n'entendait rien non plus au deuxième étage.

Sur le palier, Nancy s'arrêta pour reprendre son souffle. La porte en haut de l'escalier était ouverte. Une lueur dansante projetait une ombre sur le mur.

Nancy entendit une voix – la voix de Michael... « Ne faites pas ça! Ne faites pas ça! »

Elle gravit les marches comme une folle. Michael! Missy! Elle s'élança sans se soucier de se faire entendre, mais ses grosses chaussettes étouffaient le bruit de ses pas. Sa main glissait silencieusement sur la rampe. Arrivée en haut, elle hésita. La lumière venait du fond du couloir. A pas feutrés, rapides, elle traversa précipitamment la première pièce – probablement le living-room –, sombre et silencieuse, et guidée par la bougie dans la chambre, elle aperçut de dos la silhouette massive d'un homme qui maintenait d'une main un petit corps sur le lit tandis qu'en gloussant doucement il plaquait de l'autre un sac en plastique brillant sur une tête aux cheveux blonds.

En un instant, Nancy vit les yeux bleus terrifiés, les cheveux blonds de Michael collés sur son front, le plastique qui adhérait aux paupières et aux narines. Elle cria : « Lâche-le, Carl!... » Elle réalisa seulement après l'avoir prononcé que le nom de Carl lui avait échappé.

L'homme fit un tour sur lui-même. Tapis dans cette masse de chair, Nancy vit étinceler deux yeux au regard brûlant. Elle saisit d'un coup d'œil le plastique collé sur le visage de Michael, la silhouette affaissée de Missy sur le lit, l'anorak qui faisait un petit tas rouge à côté d'elle.

Elle vit la stupéfaction faire place à la ruse dans le regard de l'homme. « Toi! » Elle se souvint de la voix, cette voix qu'elle avait cherché à effacer de sa mémoire pendant sept ans. Il s'avança, menaçant. Elle devait le contourner. Michael ne pouvait plus respirer.

Il se précipita sur elle. Elle se rejeta en arrière, sentant ses gros doigts enserrer son poignet. Ils tombèrent ensemble lourdement, maladroitement. Il lui enfonça le coude dans les côtes. La douleur fut intolérable, mais il lâcha prise un instant. Ce visage, tout proche du sien. Les traits bouffis, empâtés, blafards, et

cette odeur acide, moite... la même odeur qu'autrefois.

A l'aveuglette, elle se lança contre lui de toutes ses
forces et mordit la joue charnue. Avec un hurlement
de rage, il la frappa, mais relâcha son étreinte, et elle
parvint à se redresser malgré la main qui la tirait à lui.
Elle se jeta sur le lit, déchirant le plastique sous lequel
elle voyait les yeux exorbités de Michael, ses joues
blêmes. Elle entendit l'enfant reprendre sa respiration
au moment où elle se retournait pour faire face à une
nouvelle attaque de Carl. Il l'attira brutalement contre
lui et elle sentit la chaleur répugnante de sa peau
nue.

Oh! mon Dieu. Elle repoussa son visage à deux
mains, mais il la courba en arrière. Dans sa lutte pour
lui échapper, Nancy sentit le pied de Missy remuer
contre elle. Missy remuait. Missy était vivante. Elle en
était sûre. Elle le sentait.

Elle se mit à crier – un long cri continu, implorant
du secours; puis la main de Carl lui couvrit la bouche
et le nez et elle essaya en vain de mordre la paume
épaisse qui l'empêchait de respirer et tirait un rideau
noir devant ses yeux.

Elle était en train de suffoquer et de sombrer dans
l'inconscience lorsque la pression des gros doigts sur
son visage se relâcha tout à coup. Elle reprit son
souffle en pantelant. Quelqu'un criait son nom. Ray!
C'était Ray! Elle voulut l'appeler mais aucun son ne
sortit de sa gorge.

S'appuyant sur un coude, elle secoua la tête. « Maman, maman, il prend Missy! » C'était la voix sup-
pliante de Michael. Il la secouait d'une main.

Elle parvint à se lever au moment où Carl plongeait
devant elle et s'emparait de la petite forme qui commençait à s'agiter et à pleurer.

« Pose-la, Carl! Ne la touche pas! » Nancy n'avait
plus qu'un filet de voix, mais il la regarda d'un air
égaré et fit demi-tour. Tenant Missy contre lui, il
s'élança d'une démarche hésitante. Elle l'entendit

heurter les meubles dans l'obscurité de la pièce voisine et se rua en chancelant derrière lui, s'efforçant de secouer son engourdissement. Il y avait des pas, des pas sonores, précipités, qui gravissaient l'escalier. Désespérément, elle tendit l'oreille, entendit Carl longer le couloir, vit sa silhouette sombre se détacher sur la fenêtre. Il grimpait l'escalier qui menait au grenier. Elle le suivit, le rattrapa, essaya de lui saisir la jambe. Le grenier était immense, avec son plafond bas et ses grosses poutres; il sentait le moisi. Et il faisait si sombre. Si sombre qu'elle avait du mal à suivre Carl.

« Au secours! hurla-t-elle. Au secours! » Elle pouvait enfin se faire entendre. « Par ici, Ray, par ici! » Elle trébucha, suivant aveuglément le bruit des pas de Carl. Mais où était-il? L'échelle. Il était en train de grimper l'échelle légère et branlante qui montait droit du grenier sur le toit. La passerelle de la veuve. Il se dirigeait vers la passerelle de la veuve. Nancy imagina le balcon étroit et périlleux qui entourait la cheminée entre les tourelles du toit.

« Carl, ne va pas là-haut. C'est trop dangereux. Carl, reviens, reviens... »

Elle entendit son souffle rauque, sifflant, à la fois rire et sanglot. Elle tenta de le retenir par le pied en grimpant derrière lui, mais il la repoussa sauvagement lorsqu'il sentit sa main, lui heurtant le front de son épaisse semelle, et elle glissa en bas de l'échelle. Sans se soucier du sang tiède qui coulait sur son visage, insensible à la force du coup, elle se remit à grimper, implorant : « Carl, donne-la-moi. Carl, arrête-toi. »

Mais il atteignait le haut de l'échelle, poussait la porte qui donnait sur le toit. La porte grinça en s'ouvrant, laissa pénétrer un déluge de neige fondue. « Carl, tu ne peux pas t'échapper, supplia-t-elle. Carl, je t'aiderai. Tu es malade. Je leur dirai que tu es malade. »

Le vent s'engouffra, repoussant brutalement le battant de la porte contre le mur de la maison. Missy s'était mise à pleurer, une longue plainte terrifiée : « Mamaaaaan! »

Carl se hissa sur le balcon. Nancy se glissa derrière lui, prenant appui contre l'embrasure de la porte. Il y avait à peine la place pour une personne entre la balustrade et la cheminée. Elle s'agrippa désespérément aux vêtements de Carl – essayant de le retenir, de l'écarter du bord du balcon. S'il tombait ou laissait échapper Missy... « Carl, arrête. Arrête! »

La neige fondue s'abattait sur lui. Il se retourna, voulut envoyer à Nancy un second coup de pied, mais il trébucha en arrière, serrant de plus belle Missy contre lui. Il reprit son équilibre en s'appuyant sur le bord du balcon. Un rire spasmodique le secouait maintenant.

Le balcon était couvert d'une couche de glace. Il posa Missy sur la balustrade et la maintint d'une main. « Ne t'approche pas, petite fille, dit-il à Nancy. Sinon, je la laisse tomber. Dis-leur qu'ils me laissent partir. Dis-leur qu'ils ne doivent pas me toucher.

– Carl, je t'aiderai. Donne-la-moi.

– Tu ne m'aideras pas. Tu veux qu'ils me fassent du mal. »

Il passa une jambe par-dessus l'appui du balcon.

« Carl, non! Ne fais pas ça. Carl, tu as horreur de l'eau. Tu n'as jamais pu supporter de mettre la tête sous l'eau. Tu le sais. Voilà pourquoi j'aurais dû deviner que tu ne t'étais pas suicidé. Tu n'aurais jamais pu te décider à te noyer. Tu le sais bien, Carl. » Elle s'efforçait de prendre un ton calme, mesuré, apaisant. Elle fit un pas vers la balustrade, Missy tendait les bras, implorante.

Elle entendit alors un craquement... un bruit de bois qui se brise. La balustrade était en train de s'effondrer. Les montants de l'appui lâchaient sous le poids de Carl. Il ouvrit brusquement les bras. Sa tête partit en arrière.

Il lâcha Missy. Nancy bondit et saisit son enfant, agrippant les cheveux de la petite fille – les entortillant pour mieux la tenir. Elle chancela au bord du balcon. Toute la balustrade cédait. Elle sentit Carl lui empoigner la jambe tandis qu'il tombait dans le vide en hurlant.

Puis, au moment où elle se sentait entraînée en avant, deux bras robustes la prirent à la taille, deux bras qui la retenaient, la soutenaient, attirant la tête de Missy contre son cou, les ramenant toutes les deux en arrière. Nancy s'affaissa contre Ray tandis que dans un dernier cri désespéré, Carl glissait le long du toit couvert de glace pour aller s'abîmer plus bas dans l'écume rugissante au milieu des rochers.

31

Les flammes léchaient les grosses bûches. L'odeur du feu de bois envahissait la pièce, mêlée à l'arôme du café. Les Wiggins avaient rouvert leur magasin, apporté de quoi faire des sandwiches et préparé un repas froid avec l'aide de Dorothy pendant que Nancy et Ray étaient à l'hôpital avec les enfants.

Lorsque tout le monde fut de retour, Nancy insista pour que les équipes de la télévision et de la radio pussent également se restaurer, et Jonathan leur ouvrit sa maison. Les journalistes avaient filmé Nancy et Ray portant leurs enfants dans leurs bras depuis la voiture jusqu'à la maison. On leur avait promis une interview pour le lendemain.

« En attendant, avait déclaré Ray devant les micros, nous tenons à remercier tous ceux dont les prières ont aidé nos enfants à sortir sains et saufs de cette épreuve. »

Les Keeney aussi étaient venus prendre part à la fête, s'en voulant d'avoir trop attendu pour communiquer leur information, certains que seules les prières avaient permis ce sauvetage. *Nous sommes tous si imparfaits, nous manquons de jugement*, pensa Ellen. Elle frissonna en songeant que leur Neil avait parlé à ce fou. Et s'il avait demandé à Neil de monter en voiture avec lui ce jour-là...?

Assise sur le canapé, Nancy tenait blottie dans ses bras Missy paisiblement endormie. Missy qui sentait la pommade au menthol et qui, apaisée par un lait chaud et de l'aspirine, serrait bien fort contre sa joue sa vieille couverture fétiche tout en se pelotonnant contre sa mère.

Répondant aux questions que lui posait Lendon avec douceur, Michael racontait spontanément tout ce qui s'était passé. Au début pleine d'excitation, sa voix était devenue plus calme, un peu fanfaronne même : « ... et je n'ai pas voulu quitter cette maison sans Missy quand le gentil monsieur s'est battu avec l'autre et m'a crié de courir demander du secours. Alors je suis remonté pour aller chercher Missy et j'ai appelé maman au téléphone. Mais le téléphone s'est arrêté de marcher. Et j'ai essayé de porter Missy en bas de l'escalier, mais le méchant monsieur est revenu... »

Ray l'entourait de ses bras. « Tu es un brave garçon, Mike. Un vrai petit homme. » Ray ne pouvait détacher ses yeux de Nancy et de Missy. Le visage de Nancy était pâle et meurtri, mais si sereinement beau qu'il en avait la gorge serrée.

Le commissaire Coffin posa sa tasse de café et relut la déclaration qu'il allait faire à la presse. « Le professeur Carl Harmon, alias Courtney Parrish, était encore en vie lorsqu'on l'a sorti de l'eau. Avant de mourir, il a pu faire des aveux, confessant être seul coupable de la mort de ses enfants, Lisa et Peter, il y a sept ans. Il a également avoué qu'il était responsable de la mort de la mère de Nancy. Devinant qu'elle allait s'opposer à leur mariage, il avait bloqué la direction de sa voiture pendant qu'elle se trouvait dans le restaurant avec Nancy. A la suite du coup que lui a assené le professeur Harmon, M. John Kragopoulos a été admis dans un état sérieux de commotion à l'hôpital de Cape Cod, mais ses jours ne sont pas en danger. Les enfants Eldredge ont été examinés et n'ont pas subi de violences sexuelles; le petit garçon, Michael, présente cependant une ecchymose au visage, provoquée par une gifle très brutale. »

Le commissaire sentit la fatigue pénétrer au plus

profond de ses os. Il allait faire cette déclaration et se retirer chez lui. Delia l'attendait, avide de connaître tous les détails. A la réflexion, pensa-t-il, c'était le genre de journée qui vous récompensait d'appartenir à la police. On côtoyait trop de douleur dans ce métier; il y avait des jours où il fallait annoncer la mort d'un enfant à ses parents. Des moments comme celui où ils avaient retrouvé Michael et Missy à la maison du Guet devenaient des souvenirs précieux.

Demain. Demain, Jed évaluerait sa propre culpabilité. Ce matin, il avait préjugé de Nancy uniquement parce qu'il était vexé de ne pas l'avoir reconnue. A cause de ce parti pris, il ne s'était pas montré suffisamment coopératif; il avait négligé ce que Jonathan, Ray, le docteur et Nancy elle-même lui disaient.

Du moins avait-il pu conduire la voiture à fond de train, permettant ainsi à Ray de grimper à temps sur le toit de la maison du Guet. Personne d'autre que lui n'aurait gravi cette côte verglacée à une telle vitesse. Lorsqu'ils avaient découvert la voiture de Nancy écrasée contre un arbre au détour de la route, Ray avait voulu s'arrêter. Mais Jed avait continué. Son instinct lui disait que Nancy était sortie de la voiture et se trouvait dans la maison. Son intuition avait été payante. Sur ce point-là, il n'avait rien à se reprocher.

Lendon accepta d'un signe de tête la tasse de café que lui proposait Dorothy. Michael s'en tirerait, pensait-il. Il reviendrait les voir bientôt. Il parlerait aux enfants et à Nancy – il aiderait la jeune femme à regarder le passé sous son vrai jour et à lui tourner définitivement le dos. C'était un miracle qu'elle ait eu assez de résistance pour surmonter toutes ces atrocités. Mais elle était forte, elle pourrait triompher de cette dernière épreuve et envisager une vie normale à partir de maintenant.

Lendon se sentit apaisé. Il avait enfin racheté sa négligence. S'il s'était rendu auprès de Nancy après la mort de Priscilla, bien des choses auraient pu être évitées. Il aurait compris que Carl Harmon n'était pas normal et se serait arrangé pour éloigner la jeune femme de lui. Mais dans ce cas, Nancy ne se trouverait pas ici en ce moment, aux côtés de cet homme jeune qui était son mari. Elle ne tiendrait pas ces enfants dans ses bras.

Lendon eut soudain terriblement envie de retourner chez lui auprès d'Allison.

« Du café? » Jonathan répéta la question de Dorothy. « Volontiers, merci. Je n'ai pas l'habitude d'en prendre si tard dans la journée, mais je pense qu'aucun d'entre nous n'aura de mal à dormir cette nuit. » Il observa attentivement Dorothy. « Et vous? Vous devez être bien fatiguée. »

Il vit une tristesse indéfinissable envahir le visage de Dorothy et en comprit la raison. « Ecoutez, Dorothy, dit-il fermement. Il faut cesser de vous faire des reproches. Nous avons tous au cours de la journée omis de prêter attention à certains faits, et risqué ainsi de provoquer un désastre. Moi-même, par exemple, chaque fois que je passais devant cette maison, j'étais gêné par le reflet qui venait frapper mes yeux. Ce matin encore, j'ai failli prier Ray de demander au locataire de la maison du Guet ce qu'il plaçait devant sa fenêtre. Avec mon expérience d'avocat, j'aurais dû me souvenir de ce détail. Une enquête nous aurait très vite amenés là-bas.

« Et il y a un fait indiscutable : si vous aviez décidé de remettre votre rendez-vous et de ne pas conduire M. Kragopoulos à cette maison, les desseins diaboliques de Carl Harmon auraient abouti. Rien n'aurait détourné son attention de la petite Missy. Vous avez sûrement entendu Michael raconter ce qui s'était passé avant votre coup de téléphone. »

Dorothy l'écouta, réfléchit, et ne put honnêtement réfuter l'argument. Tout un fardeau de remords et de culpabilité se dissipa. Elle se sentit tout à coup le cœur léger, heureuse, à même de participer pleinement à la joie collective. « Merci, Jonathan, dit-elle simplement. J'avais besoin d'entendre de telles paroles. »

Elle croisa machinalement les bras. Jonathan posa une main sur la sienne. « Les routes sont encore dangereuses, dit-il. Lorsque vous serez prête à rentrer chez vous, j'aimerais mieux vous raccompagner. »

C'est fini, pensait Nancy. *C'est fini.* Ses bras se resserrèrent autour de son enfant endormie. Missy remua, murmura : « Maman » et reprit sa respiration douce et régulière.

Nancy regarda Michael. Il s'appuyait de tout son poids contre son père. Nancy vit Ray le prendre tendrement sur ses genoux. « Tu commences à être fatigué, mon grand, dit-il. Il est temps d'aller au lit, les enfants. La journée a été rude. »

Nancy se souvint de l'impression qu'elle avait éprouvée en sentant ces bras robustes la saisir, la maintenir, l'empêcher de tomber avec Missy. Il en serait toujours ainsi avec Ray. Elle serait toujours en sécurité. Et aujourd'hui, Nancy avait su voir, savoir et être là à temps.

Du tréfonds d'elle-même, une prière monta à son cœur. *Merci, merci, merci à Vous. Vous nous avez délivrés du Mal.*

La neige fondue avait soudain cessé de frapper les carreaux, le mugissement du vent s'était tu.

« Maman, dit Michael d'une voix tout ensommeillée, nous n'avons pas fêté ton anniversaire et je ne t'ai pas donné de cadeau.

– Ne t'inquiète pas, Mike, dit Ray. Nous fêterons l'anniversaire de maman demain. Et je sais exactement quels cadeaux nous allons lui offrir. » Miraculeusement, la fatigue et la tension disparurent de son visage et Nancy vit un éclair malicieux briller dans ses yeux. Il la regarda en face. « Je vais même te dire de quoi il s'agit, chérie. Des leçons de dessin avec un excellent professeur de la part des enfants, et un rendez-vous pour une décoloration et une teinture chez le coiffeur de ma part. »

Il se leva, reposa Michael dans le fauteuil et s'approcha d'elle. Penché au-dessus de sa tête, il examina attentivement la raie qui partageait ses cheveux. « J'ai l'impression que tu feras une superbe rousse, chérie », dit-il.

DU MÊME AUTEUR

IMPRIMÉ EN FRANCE PAR BRODARD ET TAUPIN
Usine de La Flèche (Sarthe).
LIBRAIRIE GÉNÉRALE FRANÇAISE - 6, rue Pierre-Sarrazin - 75006 Paris.

ISBN : 2 - 253 - 04144 - 0   ◈ 30/7516/5